1881

THE ADVENTURES OF PINOCCHIO

木偶奇遇記

Carlo Collodi 卡洛・柯洛帝

林艾莉——譯

目錄

1

關於老木匠櫻桃師傅是如何發現了一塊會哭會笑，像小孩般的木頭。

很久很久以前有一個——

「國王！」我的小讀者們忙不迭地回答。

不，孩子們，你們都猜錯了。很久很久以前有一塊木頭。它並非多貴重的木頭，相反的，就只是一塊普通的柴木，一塊結結實實，可以在冬日裡送進火爐讓屋內溫暖舒適的普通木柴。

我不清楚發生了什麼事，但是有一天這塊木頭發現自己在一個老木匠的店裡。

老木匠的本名是安東尼，但是大家都喊他作「櫻桃師傅」，因為他的鼻尖又圓又紅又亮，像極了熟透的櫻桃。

櫻桃師傅一發現這塊木頭就開心的不得了，他興奮地搓著手，喃喃自語著：「這根木頭來得正是時候，剛好可以拿它來做桌腳。」

櫻桃師傅一把抓起斧頭，打算削去木頭的外皮，做成桌腳的樣子。他站穩了，一手高舉斧頭，正預備劈下去，突然聽見一個細小微弱的聲音懼怯地懇求他：「求求你輕一點！別太用力砍我！」

櫻桃師傅臉上出現了無比驚訝的表情，原本可笑的長相看起來更好笑了。他害怕的左瞅瞅右瞅瞅，想找出這個微弱的聲音是從房間哪個角落發出來的，卻沒瞧見半個人影！他瞧了瞧長凳底下——沒有人啊！他又把頭鑽進櫃子裡，看了看，也沒有人啊！他再搜遍了每個架子——都沒有人啊！然後他打開大門，上下左右都找了一遍——還是連半個人影都沒找著！

「啊，我知道了！」他搔搔假髮，笑了起來：「鐵定是我聽錯了，以為有人在小小聲的講話呢！沒事，沒事，再來幹活吧！」

櫻桃師傅高舉斧頭使勁朝這根木頭砍了下去。

「噢，噢！你弄痛我了！」剛剛那個微弱的聲音哭喊著。

櫻桃師傅驚嚇得呆住了，他嚇得眼珠爆凸，嘴巴張得大開，舌頭都掉到下巴上了，渾身發抖；好不容易才回過神，他結結巴巴的自言自語：「聲音到底是從哪來的？明明就沒有其他人啊？難不成是這塊木頭像小孩一樣愛哭哭啼啼的？但要我怎麼相信？眼前不就是一塊普普通通的木柴，它明明就跟其他木柴一樣，只能拿到爐子裡生火。難道有人藏在裡面？如果真的有人在裡面，算他倒楣，看我怎麼好好修理他一番！」他話一說完，雙手就一把抓起那塊木頭，狠狠的東敲西砸——他把木頭摔到地板上，又甩到牆上，甚至拋到天花板上；然後他側耳聆聽是否有呻吟哭泣的聲響。他等了兩分鐘，無聲無息；又等了五分鐘，仍然無聲無息；再等了十分鐘，還是無聲無息。

「啊，我知道了！」他勉強露出笑容，用力搔搔頭上的假髮，說：「鐵定是我又聽錯了，以為聽到有人在講話，沒事，沒事，繼續幹活吧！」

可憐的櫻桃師傅早已嚇得魂不附體，決定唱首輕快歡樂的歌來替自己振奮精神。

他把斧頭放下，拿起刨刀準備將木頭表面刨得光滑平整。他來來回回地刨削著木頭，卻又聽到了同樣小小的聲音，只不過這次聲音邊咯咯笑邊說：

「住手！噢，住手啦！哈哈哈！你搔到我的肚子了啦！」

可憐的櫻桃師傅這次像是中了槍，嚇得一屁股往後跌，等他睜開眼睛，才發現自己坐在地板上。他臉色大變，原本紅通通的鼻尖都嚇得紫得發黑了。

2

櫻桃師傅將這塊木頭送給他的朋友杰佩托。杰佩托替自己做了一個會跳舞、擊劍和翻筋斗的小木偶。

就在這個時候，突然傳來響亮的敲門聲。

「進來。」老木匠安東尼說。他被嚇得全身發軟，站都站不起來。門應聲而開，一個時髦的小老頭兒走了進來。他的名字叫杰佩托，但附近的小孩們都愛叫他「老玉米糊」，因為他總是戴著一頂像黃玉米的假髮。杰佩托的脾氣暴躁，很討厭別人叫他「老玉米糊」，他只要一聽見這四個字就會暴跳如野獸，誰也安撫不了他。

「早安，安東尼師傅。」杰佩托說，「你在地板上做什麼啊？」

「我在教螞蟻認字。」

「祝你好運！」

「是什麼風把你吹來這裡啊，老朋友杰佩托？」

「我的腿帶我來的啊。等你知道了原因，說不定還會挺得意呢。安東尼師傅，我是來請你幫忙的。」

「我就在這兒，任你差遣。」老木匠邊回答邊直起了上半身。

「今天早上我突然想到一個絕妙的主意。」

「說來聽聽。」

「我打算替自己做一個漂亮又精緻的木偶，他會跳舞、擊劍和翻筋斗。我打算帶著他環遊世界，幫自己賺些麵包填飽肚子，也賺兩杯小酒喝喝。你覺得如何？」

「這主意太好了，老玉米糊！」那個微弱的聲音不知從哪裡喊著。

聽到有人叫他老玉米糊，杰佩托師傅氣得臉都漲紅了，像個紅椒似的。他猛地轉頭，氣呼呼的對老木匠嚷著：「你為什麼要污辱我？」

「誰污辱你啦？」

「你叫我老玉米糊。」

「我沒有。」

「你的意思是，不是你而是我自己說的囉！我知道是你！」

「不是！」

「就是！」

「不是！」

「就是！」

兩個人本來只是對罵，愈吵火氣愈大然後動手打了起來，最後兩人又抓又咬地扭打在一起；終於兩人住了手，只見安東尼師傅手裡抓著杰佩托的黃毛假髮，杰佩托的嘴裡則咬著老木匠的捲毛假髮。

「把我的假髮還給我！」安東尼師傅忿怒地喊著。

「你也把我的假髮還給我，我們就和好。」

兩個小老頭兒拿回自己的假髮，各自再戴回頭上，互相握手發誓這輩子都要做好朋友。

「杰佩托師傅，」老木匠為了表示他不生氣了，主動說：「你需要什麼呢？」

「我想跟你要一塊木頭來做木偶，你可以送我一塊木頭嗎？」

安東尼師傅立刻走到長凳旁拿起那塊嚇掉他半條老命的木頭，迫切希望趕快送走它。他正要把木頭交給朋友，木頭卻突然猛地彈離他的手，打中了可憐的杰佩托那雙細弱的腿。

「啊！安東尼師傅，你送禮還送得真客氣啊？你差點弄瘸了我！」

「不是我做的，我向你發誓。」

「不是你，又是我囉，是吧！」

「是這根木頭的錯。」

「你一點兒都沒錯，但剛剛明明是你把它扔到我腿上的。」

「不是我扔的！」

「你撒謊！」

「杰佩托，不要污辱我，不然我要叫你老玉米糊了。」

「笨蛋。」

「老玉米糊！」

「蠢驢！」

「老玉米糊！」

「醜猴子！」

「老玉米糊！」

聽到有人連喊自己三次老玉米糊，杰佩托氣得理智全失地撲向老木匠，瞬間兩個人又扭打起來，這次可是結結實實地把對方好好揍了一頓。一架打下來，安東尼的鼻子上多了兩道抓傷，杰佩托的外套則少了兩顆扣子；終於，兩個小老頭兒又和好了，再度握手發誓這輩子都要做好朋友。

然後杰佩托拿起這根結結實實的柴木，向安東尼師傅道了謝，一拐一拐地走回家。

3

杰佩托完成了木偶，取名皮諾丘。小木偶的首次惡作劇。

杰佩托的家是坐落在一樓的一個小房間，樓梯旁有扇小窗戶，房間很小但整潔舒適。屋內的家具簡單的不能再簡單：一把老舊的椅子、一張搖搖晃晃的老床，還有一張快要垮下來的桌子。面對門的牆壁上畫著一個火光熊熊的壁爐，爐火上方畫著一個鍋子，鍋裡熱鬧滾滾的煮著東西、冒著幾可亂真的縷縷炊煙。

一進家門，杰佩托就拿起工具開始修整這根木頭，預備做一個小木偶。

「我要幫他取什麼名字好呢？」他自言自語道：「我想叫他皮諾丘好了，這名字一定會幫他賺大錢。我從前認識的一家人，全家都叫皮諾丘——爸爸叫皮諾丘，媽媽叫皮諾丘，小孩也叫皮諾丘——他們每個人的運氣都好極了。其中最有錢的那位還以乞討為生呢！」

幫小木偶取好了名字，杰佩托便坐下來仔細地幫他做頭髮、額頭和眼睛。當他驚訝的發現這雙眼睛骨碌碌地轉啊轉，然後定眼瞪著他時，他覺得被冒犯了，於是粗聲說：「難看的木眼睛，你瞪著我做什麼？」

但沒有人回應他的話。

杰佩托幫小木偶做好了眼睛，接著做鼻子。可是木偶鼻子才一做好就開始變長，木鼻子長啊、長啊，沒完沒了的一直長著；可憐的杰佩托拚命的把木偶鼻子鋸了又鋸，但卻愈鋸就變得愈長，最後杰佩托只好放棄了，就任由著木鼻子隨便長吧。接下來他開始幫木偶做嘴巴。

木偶嘴巴才剛做好呢，就咧開唇像在嘲笑著杰佩托。

「別笑了！」杰佩托生氣的說，但他還不如對著一面牆這麼說呢。「我說，別笑了！」杰佩托怒吼著，聲音宏亮得跟打雷似的。

木偶嘴巴收起笑容，卻把舌頭伸吐得老長。杰佩托不想白費唇舌替自己找麻煩，決定當作什麼都沒看見，只管自顧自的繼續做事。他幫小木偶做好了嘴巴，接著做下巴、然後是脖子、肩膀、肚子、手臂和手掌。正當他要幫指尖做最後的修飾時，杰佩托忽然察覺自己假髮被拉掉了，他抬頭一看——

然後他看見了什麼？

杰佩托看見自己的黃色假髮正被小木偶拿在手上。

「皮諾丘，把假髮還給我。」

皮諾丘不但不乖乖聽話，反倒將假髮戴在自己頭上，遮住了自己大半張臉。調皮搗蛋的小木偶讓杰佩托難過又沮喪，他從來沒有這麼傷心過。

「皮諾丘，你這個壞孩子！」杰佩托喊了起來：「我還沒有把你做好，你就開始對你可憐的老爸爸不聽話不禮貌了。真是壞透了，我的兒子啊，你真是壞透了。」他伸手拭去臉上的一滴淚水。

接著杰佩托又幫小木偶做腿和腳，但木偶腳才一做好，他的鼻尖就被用力踢了一腳。

「這都是我咎由自取啊！」杰佩托自言自語地說：「我在做木偶之前，就應該想到會有這樣的後果，但現在已經來不及了。」

杰佩托用雙手從小木偶的腋下將他托起來，然後放到地板上，教他走路。皮諾丘的雙腳又直又僵硬，根本移動不了腳步，於是杰佩托牽著他的手，教他將一腳先踩出去，另一腳再踩出去地練習走路。木頭雙腳逐漸能靈活移動了，皮諾丘開始自己行走。走著走著他忽然滿屋子轉著跑，當他跑到敞開的大門邊時，猛然往外一躍，就跳到大街上了，然後飛也似的向前衝跑而去。可憐的杰佩托趕緊追了上去，卻怎麼也追不上他。

皮諾丘一蹦一跳地大步向前奔跑，兩隻木頭腳在石板路上蹦蹦跳跳發出的噪音，簡直比二十個穿著木屐走路的農夫還吵。

「抓住他！抓住他！」杰佩托在後面邊拼命追趕他邊喊著。

但路上的行人只是瞠目結舌地望著木頭做的小人偶像風一般地跑過大街，大家捧腹大笑，有人笑到眼淚都流出來了。最後，幸好有一名警察路過，他聽見小木偶的跑步聲，還以為是一頭脫韁的小馬，擔心造成亂子；於是他英勇的張開雙腿，穩穩地站在路中央，一心要阻止意外發生。皮諾丘大老遠便發現有名警察攔在路中央等著要抓住他，他竭盡所能地想從這大個子的雙腿間竄過去，可惜還是失敗了。警察抓著皮諾丘的鼻子（他的鼻子非常長，似乎生來就是方便讓別人抓著的），將他歸還給杰佩托。

杰佩托氣得要扭皮諾丘的耳朵，卻驚訝地發現木偶耳朵不見了，找了老半天，他才恍然大悟自己根本忘記幫木偶做耳朵了！所以他只能一把拎起皮諾丘的後頸，抓著帶他回家。途中他幾番大力搖晃手中的皮諾丘，憤怒的說：「我們到家後再來好好算帳！」

皮諾丘一聽到他這麼說，嚇得將身子撲倒在地，賴在地上一步都不肯往走了。路過的行人一個接著一個停下來，然後圍繞在他們身旁，各說各話，各有各的看法。

「好可憐的皮諾丘，」其中一個圍觀的人喊著：「我不驚訝他不想回家。杰佩托脾氣又壞又兇，肯定會狠狠揍他一頓。」

「杰佩托看上去是個好人，」另一人接著說，「但面對小男孩時他可是個真正的暴君。如果把這個可憐的小木偶留在他手上，說不定會被他拆得七零八落！」

他們爭論不休，最後警察只好放了皮諾丘，並且將杰佩托抓進監獄，圍觀的人潮才罷休。

無助的老傢伙不知該如何為自己辯護，只能像個小孩般痛哭失聲，抽抽噎噎地說：「忘恩負義的孩子！我全心全意想要讓你做一個乖巧的小木偶！是我活該，我當初應該想清楚的。」

之後發生的故事，幾乎讓人難以置信，但親愛的孩子們，不妨接著讀下去吧。

4

皮諾丘與會說話的蟋蟀的故事。
從這個故事可以得知，壞孩子不喜歡被比他們懂事的人糾正。

可憐的杰佩托被關進監獄了。而搗蛋鬼皮諾丘一脫離警察的掌握，便飛快地穿過田野及草原，一路奔跑抄小徑回家。他死命狂奔，跳過荊棘及草叢，越過小溪和池塘，彷彿自己是隻山羊還是野兔，有獵犬緊追在後。終於回到了家門口，他發現大門半掩著，趕緊竄入屋內，鎖上大門，然後躺在地板上，大大慶幸自己成功脫逃。可惜他開心沒多久，就聽見有人說：

「——唧——唧！」

「誰在叫我？」皮諾丘嚇得魂不附體。

「是我。」

皮諾丘轉頭看見一隻大蟋蟀在牆壁上慢吞吞地爬著。

「告訴我，蟋蟀，你是誰啊？」

「我是會說話的蟋蟀，已經在這間屋子裡住了一百多年。」

「不過，從今天起，這房子就是我的了！」小木偶說，「如果你有心幫幫忙，就趕緊離開再也別回來。」

「我拒絕離開這裡。」蟋蟀回答，「直到我告訴你一個偉大的真理。」

「那快點說吧！」

「如果小男孩不聽父母的話，還翹家，那就糟糕了！他們永遠都不會開心，老了還會後悔莫及。」

「親愛的蟋蟀啊，隨便你愛怎麼說就怎麼說吧。我只知道，明天一大早，我就要永遠離開這裡。如果留下來，我就會落得跟所有小男孩和小女孩一樣的下場。他們被送去學校，不論願不願意，都得去上學。至於我嘛，讓我告訴你，我討厭上學。我覺得呢，抓蝴蝶、爬樹還有偷鳥巢，都比上學好玩多了！」

「可憐的傻孩子！你難道不知道要是這樣下去，你會變成一頭驢子，成為大夥兒取笑的對象。」

「別說了，你這個醜蟋蟀。」皮諾丘大聲叫嚷著。

蟋蟀是個充滿智慧的老哲學家，並不在意皮諾丘的無禮放肆，他語氣不變地繼續說：「如果你不喜歡上學，何不去學一門手藝，找一份正當的工作賺錢來養活自己呢？」

「讓我告訴你吧！」皮諾丘不耐煩的回答，「這世上所有的行業中，只有一行真正適合我。」

「那是什麼呢？」

「吃吃喝喝、睡覺玩樂，從早到晚四處閒晃。」

「皮諾丘啊，為了你好，請聽我說，」會說話的蟋蟀以平靜的語調說：「無所事事的人的下場不是進醫院，就是進監獄喔！」

「說話小心點，醜蟋蟀，要是惹火了我，叫你後悔莫及。」

「可憐的皮諾丘，我真同情你。」

「為什麼？」

「因為你是一個小木偶，更糟糕的是你還長了一個木腦袋。」

聽見蟋蟀的最後幾句話，皮諾丘火冒三丈跳得老高，他從板凳上拿起榔頭，使勁砸向會說話的蟋蟀。或許他沒料到自己會砸得中，可是非常令人難過，我親愛的孩子們，他不但砸到了蟋蟀，還直接砸中了牠的腦袋。

伴隨著最後一聲微弱的「——唧——唧——」，不幸的蟋蟀從牆壁上掉下來，死了！

5

皮諾丘肚子餓了，翻找到一個雞蛋打算煎來吃掉，沒想到煎蛋卻飛出窗外了。

如果蟋蟀的死嚇著了皮諾丘，他也只害怕了一下子。隨著夜晚來臨，他的肚子裡開始有種空蕩蕩的奇怪感覺，提醒著小木偶，他還沒吃過任何東西呢！小男孩的肚子總是餓得特別快，不一會兒那空蕩蕩的奇怪感覺已轉成飢餓感，他感覺愈來愈餓，好餓好餓，餓得簡直像頭飢餓的熊。

餓壞了的皮諾丘奔到火爐前，上頭的鍋子已經煮開了，他伸手試圖揭開鍋蓋，詫異的發現這居然只是畫在牆上的鍋子。想想他有多難過啊！他的長鼻子至少又再變長了兩吋。他在屋裡東奔西跑，東翻西找，翻遍了所有的箱子跟抽屜；甚至連床底，他都望了又望，希望能找到一片麵包，一些硬餅乾，或是一點點魚。就算只是一根被遺忘的狗骨頭，他肯定都會覺得好吃。但他什麼也沒找著。他的肚子愈來愈餓，愈來愈餓。對可憐的皮諾丘來說，只能靠打呵欠來讓自己好過些，所以他將嘴巴拼命張大，張得嘴巴都咧到耳尖了。不一會兒他就頭昏眼花的快暈過去了。

皮諾丘又哭又嚎的對自己說：「會說話的蟋蟀是對的。我不聽爸爸的話又逃家是我的錯。如果他現在在這裡，我就不會餓成這樣了！喔！餓肚子是多麼悽慘的事啊！」忽然，他注意到屋子角落的雜物堆裡，有一個白白圓圓看起來很像雞蛋的東西，他一個箭步衝上前去撿起來，一看真是個雞蛋。

小木偶這下樂翻天了，簡直無法用言語形容他有多開心。你們自行想像那個畫面吧。他覺得自己一定在作夢，他把這顆蛋放在手中翻來覆去，把玩它，親吻它，還對它說話：「那麼現在，我該拿你來做什麼好呢？要不要來做個煎雞卷？不，放在平底鍋用油炸應該更好吃！還是我該直接把你一口喝掉？不，最好還是把你放在平底鍋用油炸，這樣最好吃！」

皮諾丘立刻拿了一個小平底鍋放在暖腳爐上，爐子裡早已裝滿了燒熱的煤球。他放了一點點水到鍋子裡，沒放油，也沒放奶油，一等水滾，他便「喀」地一聲敲破了蛋殼。原本應該出現蛋白跟蛋黃的鍋子裡，卻出現了一隻黃色小雞。

毛茸茸的小雞樂呵呵、笑嘻嘻地逃出了平底鍋，對皮諾丘行個禮說：「非常、非常感謝你，真的，皮諾丘先生，因為你幫我打破蛋殼，助了我一臂之力。再見，祝你好運，代我問候你的家人！」講完這幾句話，他就張開翅膀，快速地飛向敞開的窗戶，朝著天空直直地飛去，直到再也看不見他的身影。

可憐的皮諾丘眼睛睜得老大，嘴巴張得老開，手裡還握著敲破的蛋殼，整個人彷彿變成了石頭。當他終於回過神來，他開始大哭大叫，跺著腳哀嚎：「會說話的蟋蟀是對的。如果我沒有逃家，如果爸爸在這裡，我就不會餓死了！喔，餓肚子多麼悽慘啊！」

他的肚子餓得咕咕叫，愈叫愈大聲，卻沒有一丁點食物能讓飢餓感安靜下來。他決心走到附近的村莊，希望能找到好心人，說不定有人肯給他一塊麵包。

6

皮諾丘把腳擱在暖爐上睡著了。
第二天醒來，卻發現雙腳已經燒掉了。

皮諾丘討厭黑漆漆的街道，但肚子實在太餓了，所以他還是跑到屋子外面。這是一個伸手不見五指的漆黑夜晚，天上打著雷，亮晃晃的閃電劃破夜空時像成了一片火海。冰冷的風呼嘯而來捲起漫天沙塵，樹木在風中不停地顫抖呻吟。皮諾丘非常害怕打雷閃電，但飢餓終究戰勝了恐懼。他連蹦帶跳的來到村子，又累又喘的連舌頭都伸了出來，像一頭鯨魚般直噴氣。

深夜，村子裡的商店都已經關門了，家家戶戶門窗緊閉，街道顯得陰暗又冷清，連一條狗都看不見，了無生息的模樣簡直就像是個死村。皮諾丘好失望，情急之下他撲跑向拉鐘，猛力拉響它，然後自言自語：「這下總會有人理我了吧！」

一點兒沒錯。一個戴著睡帽的老頭打開窗戶，並將頭伸出窗外，氣呼呼的嚷著：「這麼晚了你想要幹嘛？」

「你可以好心給我一點麵包嗎？我肚子餓了。」

「等我一會兒，馬上回來。」老頭回答。他以為自己遇上了喜歡趁夜裡大家熟睡時，在街上亂按別人門鈴的小男孩。

過了一兩分鐘，同樣的聲音又喊著：「到窗子下面來，伸出你的帽子。」

皮諾丘沒戴帽子，但他趕緊跑到窗戶下面，卻正好被潑下來的冰水淋了一身，他可憐的木腦袋、木肩膀、全身上下都濕透了。皮諾丘像一塊濕毛巾般地回到家，又累又餓的他疲倦得站都站不住了，便坐在小凳子上，並將雙腳擱到爐子上烤乾，然後他睡著了。

在皮諾丘熟睡的時候，他的腳竟燒了起來；慢慢的，一點一點的，兩隻木腳被燒得焦黑，然後化為灰燼了。但皮諾丘打著呼嚕睡得好香，彷彿被燒掉的不是自己的腳。天亮時，他一睜開雙眼就聽到門外傳來一陣響亮的敲門聲。

「是誰啊？」皮諾丘打了個大呵欠，揉了揉眼睛。

門外有個聲音回答：「是我。」

是杰佩托的聲音。

7

杰佩托回到家，並將自己的早餐給了小木偶。

可憐的小木偶還沒完全清醒呢，絲毫未察覺自己的雙腳早已被燒個精光。一聽見父親的聲音，他猛地從椅子上跳起來想去開門，卻一個踉蹌往前重重摔去，一頭栽倒在地板上。這一跤摔得可重了，發出的聲響之大，彷彿一疊木板從五十樓層高的地方砸了下來。

杰佩托在街上叫喚著：「幫我開門！」

「爸爸，親愛的爸爸，我沒辦法開門！」小木偶絕望的哭喊著，在地板上滾過來滾過去。

「為什麼沒辦法？」

「因為有人吃掉了我的腳。」

「誰吃掉了它們？」

「貓！」皮諾丘看見屋子的角落有隻小動物正忙著撥弄著一些木屑。

「我叫你開門！」杰佩托再喊了一次，「不然等我進去了，看我不好好抽打你一頓。」

「爸爸，相信我，我沒辦法站起來啊！天哪！我的天哪！我這輩子都得用膝蓋走路了！」

小木偶的眼淚和啼哭在杰佩托聽來，不過又是在唬弄他的把戲。於是他爬上屋子旁邊的牆面，由窗戶鑽進屋內。一進到屋裡，原本怒氣沖沖的杰佩托一見到皮諾丘躺在地上成大字型，發現他的兩隻腳真的不見了，一下子就又傷心又難過。他把皮諾丘從地板上抱起來，對他又親又抱的，臉上老淚縱橫。

「我的小皮諾丘，我親愛的小皮諾丘啊！你的腳怎麼給燒掉了？」

「我也不知道啊，爸爸。但相信我，我這輩子都不會忘記昨晚的悲慘遭遇啊！

雷聲好大，閃電好亮，然後我好餓好餓。接著會說話的蟋蟀對我說：『活該，誰叫你不乖。』所以我對他說：『小心點，蟋蟀！』他又對我說：『你這個木頭木腦的小木偶。』結果我用榔頭丟他，把他給殺死了；可是他不對，我不想殺他的。後來我把平底鍋放在煤爐上，可是蛋裡的小雞飛走了，還說：『請代我問候你的家人。』然後我肚子愈來愈餓，只好出門去找食物。有個戴睡帽的老人從樓上的窗戶對我潑水。回家後我就把腳放到爐子上烤乾，因為我還是好餓，後來就睡著了。現在我的腳不見了，但我還是好餓啊！嗚——嗚——嗚！」可憐的皮諾丘哭得呼天搶地，好幾里外都聽得見他的哭嚎。

小木偶前言不搭後語，講得不清不楚，杰佩托沒有聽懂他在說什麼，只聽懂小木偶肚子餓了，好心疼他，便從口袋裡拿出三個梨子給小木偶。

「這三個梨子是我的早餐，但我很樂意讓給你。別哭了，快吃吧。」

「如果你想我把它們吃掉，請幫我削皮。」

「削皮？」杰佩托驚訝的說，「親愛的兒子啊，我沒想到你對食物這麼挑剔。不乖，太不乖了！在這個世界上，就算是小孩子，也是有什麼吃什麼，不可以挑食，因

為人生之路漫漫，誰也不知道有什麼在前面等著我們。」☆1

「你說的或許有道理，」皮諾丘回答，「但我就是不愛吃沒削皮的梨子，我不喜歡嘛。」

疼愛孩子的老杰佩托還是拿刀把三個梨子的皮削了，同時將梨皮整齊的排在桌上。皮諾丘兩、三口就啃完了一個梨子，然後隨手就要把梨核丟掉，杰佩托卻阻止他：「喔，別把它丟了！這世上任何東西都會有用途的。」

「我不要吃梨核。」皮諾丘氣呼呼的嚷著。

「誰知道呢？」杰佩托平心靜氣的回答。

最後桌上就放著梨皮，和擺在梨皮旁邊的三個梨核。

皮諾丘狼吞虎嚥的吃完了三個梨子後，開始打呵欠，把嘴巴張得好大，哀嚎著：

「我肚子還是很餓哪。」

「但我沒有東西給你吃了。」

「真的嗎？什麼都沒有了？」

「只剩下這三個梨核跟這些梨皮。」

「那好吧。」皮諾丘說，「如果沒有別的食物，那我要吃了這些。」他做了個鬼臉，但是一口接一口的，梨核和梨皮一一消失了。「啊，我覺得好多了！」他吃下了最後一口果核後嘆道。

「看吧，」杰佩托下了結論，「我剛剛是不是告訴你，吃東西不要挑三揀四。親愛的，人生漫漫，我們永遠不知道是什麼在前面等著我們。」

☆1：*We must accustom ourselves to eat of everything, for we never know what life may hold in store for us.*

8

杰佩托做了一雙全新的腳給皮諾丘，還賣掉自己的外套，替皮諾丘買課本。

小木偶一吃飽肚子不餓了，就開始吵著要一雙新的腳。杰佩托師傅為了懲罰小木偶的惡作劇，整個早上都沒理會他；直到吃完午餐後他才開口：

「為什麼我要再幫你做一雙腳呢？為了讓你再次逃家？」

「我發誓，」小木偶抽抽噎噎的回答，「以後我一定會乖……」

「小男孩每次想要什麼東西，都會這麼說。」

「我發誓我會每天乖乖上學，用功讀書，努力上進……」

「小男孩想要達成心願時，就會搬出這套說詞。」

「但我跟其他的男孩子不一樣，我比他們都要乖，而且我永遠都說實話。爸爸，我答應你，我會去學一門手藝，等你年紀大了，我會成為你的安慰跟依靠。」

杰佩托雖然拼命板著臉卻早已熱淚盈眶，看著皮諾丘苦惱的樣子，他還是心軟了。他一聲不吭地拿出工具和兩根木頭，開始動手用心製作木腳。不到一小時他就做好了兩隻纖細靈活、強壯快速的小腳，精緻地像是藝術家的作品。

杰佩托對小木偶說：「閉上眼睛睡覺。」

皮諾丘聽話的闔上眼睛假裝睡著了。杰佩托在蛋殼裡溶了一點膠水，再用膠水將兩隻腳黏在小木偶身上，他熟練精細的作工讓人幾乎看不見黏接處。

小木偶一察覺新的雙腳裝好了，便從桌上一躍而下繞著屋子蹦蹦跳跳，開心得簡直忘我了。

「爸爸，為了表達我對你的感激，我現在就去上學了。但我得有一套衣服才能去學校啊。」

杰佩托口袋裡半便士也沒有，所以他用花紙替兒子做了一套小衣服，用樹皮做了一雙鞋，再捏一點麵糰做了一頂帽子。

皮諾丘跑到一碗水的前面檢查自己的倒影，他高興的不得了，得意的說：「我現在看起來像一個紳士。」

「沒錯。」杰佩托回答，「但是你要記住，好衣服要保持整潔，才能讓你看起來像個體面的紳士。」

「這話一點兒沒錯。」皮諾丘回答，「但是我還需要一件非常重要的東西才能去上學。」

「是什麼呢？」

「一本課本。」

「這是肯定的，但我們該如何才能擁有一本課本呢？」

「這還不簡單。去書店買就有了。」

「錢從哪裡來呢？」

「我一便士都沒有。」小木偶說。

「我也沒有。」杰佩托嘆息道。

雖然皮諾丘是一個快活的小孩子，但聽到這句話後也變得非常憂愁沮喪。再怎麼調皮的小男孩，面對貧窮也明白它的真諦。☆2

「沒錢就沒錢吧，又有什麼關係呢？」杰佩托嘴裡嚷著，突然從椅子上一躍而起，穿上那件滿是補丁的舊外套，二話不說就跑了出去。

沒多久，他返回家中，手中拿著一本要給兒子的課本，可是他身上的舊外套卻不見了。這可憐的老人在大冷天裡就只穿著袖套。

「爸爸，你的外套呢？」

「我賣掉了。」

「為什麼你要賣掉外套？」

「因為天氣太熱了。」

皮諾丘立刻就意會過來這個回答的真意，他感動得哭了起來，緊緊抱住爸爸的脖子，在他臉頰上親了又親。

☆2：*When poverty shows itself, even mischievous boys understand what it means.*

9

皮諾丘為了付錢進小木偶戲院，把課本賣了。

皮諾丘立刻將新課本夾在腋下，興匆匆地去上學。他走在路上，開始在腦袋裡編織無數美好的夢想，打造無數個空中樓閣。他對自己說：「今天在學校，我會學認字，明天學寫字，後天做算數。然後，像我這麼聰明的人會賺很多錢。我賺到的第一筆錢要幫爸爸買一件新的呢子外套。我剛剛是說呢子嗎？不，應該是件金銀織成的外套，再縫上鑽石扣子。這絕對是像爸爸這麼辛苦的人應得的，因為他對我這麼好，為了幫我買課本，在這樣的大冷天裡卻落得身上只穿著袖套。爸爸們真是一心為孩子付出啊。」

皮諾丘仍在自言自語，卻隱約聽見從遠處傳來了風笛和鼓的聲音：嗶——嗶——嗶，嗶——嗶——嗶——咚、咚、咚、咚。他停下腳步側耳傾聽，發現聲音是從一條小巷子傳來的，那條巷子是通往海邊的小村莊。

「這是什麼聲音呢？真是討厭我要去上學，不然的話……」他停下腳步，猶豫的不得了。他想他得下定決心，究竟該去上學，還是循著風笛聲去看看有什麼好玩事？

「不然我今天就先去看看風笛聲在做什麼，明天再去上學好了。反正還有很多時間可以去上學。」這個壞孩子不在意的聳聳肩，決定不去上學。一打定主意他就趕緊行動了。他沿著小巷子往前跑，快得像一陣風。他跑啊跑的，風笛聲跟鼓聲就愈來愈響亮：嗶——嗶——嗶，嗶——嗶——嗶，嗶——嗶——嗶——咚、咚、咚、咚。不知不覺中，他發現自己已經跑到了一個大廣場上。他看見一座五顏六色、亮眼小巧的木造建築，有好多人簇擁在建築物前面。

「這房子是做什麼的啊？」皮諾丘問身旁的一個小男孩。

「你看招牌就知道啦。」

「我想學識字，不過今天沒辦法去學校囉。」

「喔，是這樣嗎？那我讀給你聽。聽清楚了，上面用火焰字體寫著的是：小木偶大戲院。」

「表演什麼時候開始？」

「現在就開始啦。」

「一個人要多少錢才能進去啊？」皮諾丘問。

「四便士。」

因為對裡頭的動靜實在太好奇了，皮諾丘顧不得尊嚴，很可恥的對小男孩說：「你願意給我四便士，我明天還你嗎？」

另一個男孩以嘲弄的語氣回答：「我很樂意給你，但我不能就這樣給你啊。」

「那我的外套賣給你，四便士。」

「要是下雨了，我該拿花紙做的外套怎麼辦？到時候脫都脫不掉了。」

「那你想要買我的鞋子嗎？」

「這些只能用來生火吧！」

「我的帽子呢？」

「多好的一筆買賣啊！麵糰做的帽子，老鼠可能會跑到我頭上吃掉它。」

皮諾丘快哭了，他想再嘗試一次，卻沒有勇氣開口。他猶豫不決，左思右想，就是沒辦法下定決心，最後他終於開口說：「你會給我四便士，買這本書嗎？」

「我自己是個小男孩，所以不會向別的男孩買東西。」這個小孩子比小木偶有常識多了，他如是回答。

「我願意花四便士買你的課本。」旁邊賣地毯的人開口說。

課本馬上就落到了另一人手裡。想想可憐的老杰佩托，他在寒天裡只穿著袖套，冷得全身發抖，就因為他把外套賣掉為了給兒子買這本小課本。

10

木偶們認出了他們的兄弟皮諾丘，高聲熱烈歡迎他；但導演吞火人也跑出來，害得可憐的皮諾丘差點丟掉小命。

皮諾丘飛快的閃進了小木偶戲院。之後發生的事，差點引起暴動。

舞台上的簾幕已經拉起，表演開始了。小丑哈里肯那和普嘻那拉站在舞台上，兩個人一如以往的演出拳打腳踢、棍棒齊飛、嘴裡還忙著威脅咒罵對方的戲碼。

戲院裡擠滿了觀眾，大家看著台上兩個小木偶的搞笑演出都笑聲連連，有人笑到眼淚都流出來了。台上的小丑表演著，然後毫無預警的，哈里肯那突然停止講話，他轉向觀眾，指著樂團的後方，大吼大叫著：「看哪！看哪！我這是在作夢嗎？還是我真的看見皮諾丘了？」

「沒錯，沒錯！真是皮諾丘！」普嘻那拉也驚聲叫著。

「是他，是他！」在舞台一側偷看的羅莎娜夫人也尖聲叫嚷了起來。

「是皮諾丘！是皮諾丘啊！」所有的木偶們齊聲使勁嚷嚷著。「是皮諾丘！我們的兄弟皮諾丘啊！為皮諾丘歡呼！」

「皮諾丘，來我這裡！」哈里肯那叫喚著，「到你木兄弟的懷抱裡來！」

聽見這麼親愛又熱情的邀請，皮諾丘從樂團的後方往前一躍，就跨到了前排，再一躍就蹦到了樂團指揮的頭頂上，第三躍就跳上了舞台。這些稀奇古怪的木偶演員對皮諾丘歡樂的呼喊、溫暖的擁抱及磕頭碰腦的問候，如此無比熱情友愛的場面簡直無法用筆墨形容。舞台上的場面感人肺腑，台下的觀眾卻很氣憤表演中斷了，開始叫嚷：「表演！表演！我們要看表演！」木偶們完全不理會觀眾的大聲抱怨，不但不繼續中斷的演出，反而更熱鬧起來，他們將皮諾丘扛在肩膀上，神氣十足的繞著舞台遊行。就在這個時候，導演從後台走了出來。他臉上的神情極為嚇人，任誰看他一眼都會嚇得心驚膽顫。他留著長長的鬍子，從下巴向下延長到腳邊，像瀝青一樣黑；大嘴一張則大得像一個灶，露出一口黃黃的獠牙。他的眼睛像是兩枚燒得紅通通的煤炭。他毛茸茸的巨掌中握著一根綠蛇和黑貓尾巴編織成的長鞭子，他不斷兇狠的揮舞著它。導演如此驚人的出場，馬上把大家嚇得大氣都不敢吭一聲，戲院裡安靜得連蒼蠅飛過都聽得見。這些可憐的小木偶們都怕得直發抖，顫抖得像暴風雨中的葉子。

「你為什麼在我的戲院造成這麼大的騷動？」這個大塊頭質問皮諾丘。他講起話來像是一個感冒鼻塞的妖怪。

「相信我，大人，不是我的錯啊！」

「夠了，閉嘴！等一下我再來處置你。」

表演結束之後，導演走進廚房看見爐火上正掛烤著一隻肥美的羊，但木柴不夠了，需要再添些柴火才能把羊烤熟。他把哈里肯那和普嘻那拉叫來，對他們說：「把那個小木偶給我帶過來！他看起來像是塊上好的木料，剛好用來生火烤肉。」

哈里肯那和普嘻那拉雖然很不情願聽令，但看到主人臉上的凶惡表情就嚇得乖乖聽話去執行命令。幾分鐘後，他們挾持著倒楣的皮諾丘回到廚房。皮諾丘扭來扭去的死命掙扎，可憐的哭喊著：「爸爸，救命啊！我不想死，我不想死啊！」

11

皮諾丘救了朋友哈里肯那一命。
吞火人打著噴嚏原諒了皮諾丘。

戲院裡又恢復了熱鬧。

吞火人（這真的是他的名字）長得奇醜無比，但他為人其實並不像外表那樣壞。他看著被帶到他面前的可憐小木偶，又哭又怕地拼命掙扎喊著「我不想死！我不想死啊」，他有些同情小木偶，意志有點動搖，直到他再也控制不住地打了一個大噴嚏。

本來在一旁垂頭喪氣的哈里肯那，一聽到噴嚏聲，他馬上笑嘻嘻的湊到小木偶身旁，悄聲說：「太好了，我的好兄弟！吞火人打噴嚏表示他很同情你呢，你得救了！」

這邊特別解釋一下，一般人傷心難過時會哭泣拭淚，吞火人則不然，他一不開心就會開始打噴嚏。他用這樣奇特方式表達內心的善良也沒有什麼不好。

打完噴嚏後，吞火人的臉孔更加猙獰了，他對著皮諾丘叫嚷著：「別哭了！你哭得這樣慘，害我都覺得反胃了。哈啾、哈——啾！」兩個大噴嚏結束了他的演說。

「上帝保佑你！」皮諾丘說。

「謝謝。」吞火人詢問他，「你的父母都還健在嗎？」

「我父親還在。我從未見過母親。」

「要是我把你當柴火燒了，你父親肯定會很傷心。可憐的老人家！我真替他難過！哈——啾、哈——啾、哈——啾！」他又打了三個更響亮的噴嚏。

「上帝保佑你！」皮諾丘說。

「謝謝！但是，我也很同情自己啊。羊肉才烤到半熟，木柴就都燒光了，搞砸了我上好的晚餐。沒關係，我燒其他的小木偶來代替你好了。嘿，那邊的軍官過來！」

兩名木偶軍官一聽到吞火人叫他們，立刻走過來。他們的身材像繩子般又瘦又長，頭上戴著可笑的帽子，手中握著長劍。吞火人對著他們粗聲吼叫：「抓住哈里肯那，把他綁起來丟到火爐裡，我要吃全熟的烤羊肉。」

想想哈里肯那有多害怕啊！他嚇得雙腿發軟，跌坐在地板上。

見到如此讓人心碎的場面，皮諾丘立刻撲到吞火人前面，哭得一把眼淚一把鼻涕，用可憐得不能再可憐的聲音說：「發發善心吧！求求你了，老爺！」

「這裡沒有老爺！」

「發發善心吧，仁慈的閣下！」

「這裡沒有閣下！」

「發發善心吧，大人！」

聽到有人稱自己為「大人」，小木偶戲院的導演立刻在椅子上坐正，輕撫著長鬍子，頓時變得非常和藹可親，他得意的微笑著對皮諾丘說：「好吧，小木偶，你想從我這裡得到什麼呢？」

「求求你放過我可憐的朋友哈里肯那吧，他這輩子從來沒做過一丁點兒壞事。」

「這不是放不放過他的問題，皮諾丘，既然我饒了你，哈里肯那就得代替你被燒掉啊。我肚子餓了，得煮晚餐來吃啊。」

「既然這樣，」皮諾丘站了起來，把麵團帽子往旁邊一丟，勇敢的說：「我很清楚自己的義務是什麼了！來吧，軍官，把我綁起來丟到火爐裡。是的，這對可憐的哈里肯那不公平，我不能讓我在世上最好的朋友替我而死！」

皮諾丘尖聲講出這段勇敢的話，害得其他的小木偶都哭了；連木偶軍官也哭得像兩個小嬰兒。吞火人剛開始似乎絲毫不為所動，神色冷硬得像冰；但他的表情慢慢地愈來愈溫和，並開始猛打噴嚏；連續打了四、五個噴嚏後，他張開雙臂對皮諾丘說：「勇敢的孩子，到我懷裡給我一個親吻吧！」

皮諾丘跑向他，彷彿是隻小松鼠，沿著他又長又黑的鬍子往上爬，然後在吞火人的鼻尖上給了他一個無限親愛的親吻。

「所以我被赦免了嗎？」可憐的哈里肯那懼怯地開口，聲音微弱得幾乎聽不見。

「你被赦免了！」吞火人嘆口氣，搖搖頭又說：「看樣子今晚我只能吃半熟的羊肉了。不過木偶們，下回可要小心點！」

哈里肯那被赦免的消息傳了開來，每一個小木偶都跑上舞台，打開所有的燈光，唱歌跳舞慶祝一直到第二天天亮。

12

吞火人給皮諾丘五個金幣，要他轉交給父親杰佩托。但小木偶跟著狐狸與貓走了。

第二天，吞火人把皮諾丘叫到跟前詢問他：「你父親叫什麼名字？」

「杰佩托。」

「他是做哪一行的？」

「他是一個木工師傅。」

「收入好嗎？」

「他收入超好的，好到口袋裡連一便士都沒有。您想想，他為了幫我買上學的課本，得賣掉他唯一的外套，還是一件全是補丁，根本值不了幾個錢的外套。」

「可憐的傢伙！我真替他感到難過。喏，這五枚金幣給你。回家去吧，帶上我的問候，把金幣交給他。」

可以輕易想見，皮諾丘對吞火人是如何千謝萬謝。他輪流親吻了每一個小木偶，連軍官都沒錯過，然後高興歡喜地踏上回家的路。

走了不到半哩路，皮諾丘便碰上了一隻跛腳狐狸和一隻瞎眼貓。

「早安，皮諾丘。」狐狸親切的問候他。

「你怎麼知道我的名字？」小木偶問。

「我跟你爸爸很熟。」

「你在哪裡見到他？」

「昨天我看到他站在家門口。」

「他在做什麼呢？」

「他只穿著袖套，凍得一直發抖。」

「可憐的爸爸！上帝保佑，從今天起，他不用再受苦了。」

「為什麼呢？」

「因為我現在是有錢人了。」

「你？有錢人？」狐狸大聲笑了出來。瞎眼貓假裝撫弄著長長的鬍鬚，掩飾自己也在偷笑。

「這沒有什麼好笑的！」皮諾丘生氣的嚷著：「要讓你們流口水了，不好意思，但看清楚這裡有五枚全新的金幣。」皮諾丘拿出了吞火人給他的五枚金幣。

聽見了金幣清脆的聲響，狐狸不自覺得伸出了本來瘸著的爪子；貓的眼睛也睜得老大，像是兩個燒得紅通通的煤球，但他立刻又閉上眼睛，所以皮諾丘並沒有注意到他的異樣。

「我可以請問，」狐狸說，「這麼多錢你要做什麼呢？」

「首先，」小木偶回答，「我要幫爸爸買一件上好的新外套，用金銀織成，再配上鑽石鈕扣的外套；然後我要替自己買一本課本。」

「替你自己買一本課本？」

「我要去上學和用功讀書。」

「看看我，」狐狸說，「為了想要讀書這麼愚蠢的原因，我失去了一隻爪子。」

「看看我，」貓說，「為了同樣愚蠢的原因，我失去了雙眼的視力。」

這時，停在路旁柵欄上的一隻黑鳥用清楚嘹亮的聲音叫著：「皮諾丘，別聽信這些糟糕的建議，你要是相信他們的話，肯定會後悔。」

倒楣的小黑鳥，如果他沒吱聲警告皮諾丘就好了！因為一眨眼間，貓就撲上去把他給吃了，吃得乾乾淨淨，連根羽毛都沒留下。吞食完黑鳥，貓清一清鬍鬚，閉上眼睛；雙眼又再次瞎了。

「可憐的黑鳥。」皮諾丘對貓說：「你為什麼要殺了他？」

「我殺他是給他一個教訓。他的話太多了，這樣下次他就會乖乖閉嘴。」

這個時候，三個人已經走了好長一段路。突然間，狐狸停下腳步，轉頭對小木偶說：「你想要讓你的金幣翻倍嗎？」

「什麼意思？」

「你想把那少少的五枚金幣變成一百枚、一千枚、甚至兩千枚嗎？」

「想啊。但要怎麼做呢？」

「再容易不過了。你先別回家，跟我們走。」

「跟你們去哪裡？」

「上傻蛋城。」

皮諾丘想了一會兒，才堅定的開口：「不，我不想去。快到家了，我要回家，爸爸還等著我呢。我到現在還沒回家，他肯定不開心了。我是個壞兒子，會說話的蟋蟀是對的，他說不聽話的小男孩就無法過著幸福快樂的生活。我已經學到教訓了。昨晚在戲院，當吞火人……啊！我光想到就背脊發冷。」

「那好吧，」狐狸說，「如果你真的想回家，就走吧，但你肯定會後悔。」

「你會後悔的。」貓也跟著說了一遍。

「想清楚，皮諾丘，這下你可是放棄了好大一筆財富呢！」

「好大一筆財富啊！」貓跟著又複誦了一次。

「到了明天，你的五枚金幣就可以變成兩千枚了！」

「兩千枚！」貓又跟著說了一遍。

「但是金幣怎麼可能變成那麼多呢？」皮諾丘驚訝的問。

「容我說明，」狐狸說：「傻蛋城外面有一塊神奇的地叫做奇蹟田，這你肯定曉得吧！只要在這片田裡挖一個洞，放一枚金幣進去，再用土埋起來，然後澆些水，灑上一丁點兒鹽，之後就可回家睡覺了。到了夜裡，金幣就會發芽、茁壯、開花。到了隔天清晨，你就會發現一棵金光閃閃的美麗大樹，樹上長滿了金幣。」

「所以我如果把五枚金幣都種下去，」皮諾丘簡直不敢置信，驚訝的喊著：「明天我就會有——多少？」

「輕輕鬆鬆就算出來了。」狐狸回答，「你用手指頭就可以算得出來啦！倘若每枚金幣可以種出五百枚，五百乘以五。第二天早上，你就會擁有兩千五百枚閃閃亮亮的金幣了。」

「太好了！太好了！」皮諾丘高興的手舞足蹈，嘴裡嚷著：「等我一拿到錢，我會留下兩千枚給自己，另外的五百枚就送給兩位。」

「送給我們？」狐狸假裝一臉受辱的大聲說，「當然不要！」

「當然不要！」貓也跟著說了一遍。

「我們可不是為了要賺錢才這麼做的，」狐狸回答，「我們這麼做完全是為他人謀福利。」

「為他人謀福利！」貓跟著又說了一遍。

「真是大好人啊！」皮諾丘心想。於是他將爸爸、新外套、課本和要當乖小孩的一切決心都拋在腦後，對著狐狸與貓說：「走吧！我和你們一起去傻蛋城。」

13 紅龍蝦旅店

皮諾丘跟著狐狸和貓一直走，走啊走的，好不容易在近晚時分終於來到紅龍蝦旅店，大家都累得精疲力竭了。

「我們在這裡休息一下吧。」狐狸說，「吃點東西，休息幾小時，等到午夜再上路，明天天亮時肯定就能到達奇蹟田了。」

三人走進旅店，圍著一張餐桌一起坐下，雖然沒有人覺得肚子餓。但是可憐的貓覺得自己很虛弱，所以只吃得下三十五條番茄醬煮烏魚，以及四份牛肚配起司。因為他覺得自己該補充一些體力，只得再多吃了四盤奶油及起司。狐狸呢，在經過大家不斷的哄勸之後，他盡最大的努力勉強吃了一點點。醫生有規定他的飲食，他得吃一隻小野兔搭配十二隻鮮嫩多汁的春雞。他把野兔吃完後，又點了一些鷓鴣、雉雞、二隻兔子、十二隻青蛙及蜥蜴；他覺得不太舒服，就只能吃這麼多了。最後他說他連一口食物都吃不下了。皮諾丘吃得最少，他只點了一份麵包跟幾顆堅果，而且幾乎都沒吃；可憐的傢伙滿心只想著奇蹟田，他得了金幣消化不良症。

晚餐過後，狐狸對旅店主人說：「準備兩間上房，一間給皮諾丘先生，另一間給我和我的朋友，我們出發前想小睡一下。到了午夜記得準時叫我們，我們得繼續旅程。」

「是的，先生。」旅店主人心領神會的對狐狸及貓眨眨眼，好像在表示「我懂的」。

皮諾丘一上床便睡著了，很快就跌入夢鄉；他夢見自己在一片田野中，到處長滿了結實累累的藤蔓。而上頭的果子全是金幣，正快樂的在風中搖曳，發出叮叮噹噹的聲音，好像在說：「誰想要我們，就帶我們走吧！」皮諾丘伸出手想去摘金幣時，門口傳來三聲響亮的敲門聲把他從夢中給吵醒了。

旅店主人來提醒他，已經午夜時分了。

「我的朋友都準備好了嗎？」小木偶問他。

「沒錯，是的。他們兩小時前就走了。」

「他們為什麼走得這麼匆忙？」

「非常不幸的，貓收到了一封電報，說他的長子得了凍瘡，快不久於人世了。他甚至等不及與你道別。」

「他們付過晚餐錢了嗎？」

「他們怎麼會這麼做呢？他們都是上等人，絕不會冒犯你，剝奪你替他們付帳的榮幸。」

「太遺憾了！我並不會覺得被冒犯，反而會感到開心呢！」皮諾丘抓抓頭，又追問：「我的好朋友們說他們會在哪裡等我呢？」

「天亮時，他們會在奇蹟田等你。」

三人的晚餐讓皮諾丘付出一枚金幣的代價，然後他再度啟程，朝著能讓他變成大富翁的所在地前進。他糊里糊塗的走著，並不清楚自己究竟朝哪裡前進，因為夜實在太黑了，伸手不見五指。他感覺什麼也看不見，四周連一片葉子都不曾被吹動，蝙蝠三番兩次地掠過他的鼻尖，嚇得他魂飛魄散。他叫喚好幾次：「誰在那裡？」然後只有遠方的山巒傳來回音：「誰在那裡？誰在那裡？誰在……」

走著走著，皮諾丘注意到路旁的樹幹上有一隻小小的蟲，他身上發出微弱幽暗的光芒。他問道：「你是誰？」

「我是會說話的蟋蟀鬼。」小光點微弱的說，彷彿是從遙遠世界傳過來的聲音。

「你想要做什麼？」小木偶問。

「我想要給你幾句忠告。現在立刻轉身回家，把剩下的四個金幣交給你可憐的老爸爸，他正在哭泣呢，因為他好幾天沒見到你了。」

「到了明天，我爸爸就會變成大富翁了，因為這四枚金幣將會變成兩千枚。」

「孩子啊，千萬別相信任何承諾你會一夜致富的人。他們肯定不是傻蛋，就是騙子！聽我的話，回家去吧。」

「但是我想去。」

「時間太晚了！」

「我想去嘛！」

「夜太黑了！」

「我就想去。」

「路上太危險了！」

「我想去啦！」

「要記住，小男孩要是任性妄為，我行我素，早晚要倒大楣的。」

「又是這些廢話。再見了，蟋蟀。」

「晚安，皮諾丘，希望老天有眼，讓你不會落入強盜手中。」

緊接著是一片寂靜，沒有任何聲響，不一會兒，會說話的蟋蟀鬼的光芒突然消失了，像是火燭被人掐滅了一樣，四周又再次陷入一片漆黑。

14

不聽會說話的蟋蟀勸告，皮諾丘落入了強盜手中。

「唉！唉！現在想想，」小木偶再次踏上旅程，邊走邊自言自語：「我們小男孩的運氣真背啊。誰都想教訓我們，誰都想給我們忠告，誰都要警告我們，所有人都這樣，連會說話的蟋蟀都這樣。拿我來說好了，只因為我沒有乖乖聽話，沒有聽討厭的蟋蟀的勸告，誰知道接下來還有多少厄運在等著我，最好是會出現強盜啦！幸好從頭到尾，我壓根兒都不相信有強盜。我覺得最合理的解釋就是，強盜根本是爸爸媽媽捏造出來的，用來恐嚇想趁半夜逃家的小孩。不過就算我真的碰上了他們，又有什麼關係呢？我會跑上前，對他們說：『好吧，閣下，你們想要幹嘛？記住，我可不是好惹的，快滾！管好你自己吧！』可以想像只要我一講出這些話，這些可憐的傢伙肯定一溜煙兒就跑了。要是他們不跑，我自己也是可以跑的。」

皮諾丘並沒有時間繼續思考這個問題，因為他察覺到身後的樹叢裡有輕微的動靜。他轉身尋找聲音的來源——看那，暗夜裡站著兩個從頭到腳都用黑衣裹得嚴嚴實實的巨大黑影；他們的身影悄然無聲地撲向皮諾丘，彷彿就像兩個鬼魂。

「他們來了！」皮諾丘對自己說。一時之間，他不知道該把金幣藏在哪兒才好，情急之下就把四枚金幣都塞到了舌頭底下。接著他立刻轉身要逃跑，但才邁開腳步，手臂就被抓住了，然後聽見了兩個恐怖低沉的聲音對他說：「要錢還是要命？」因為皮諾丘的嘴裡含著金幣，所以無法說出半句話，他只得使勁地用自己的頭、手和身體表示，他是個口袋裡沒有半便士的可憐小木偶。

「好了，好了，別瞎攪和了，快把錢拿出來！」兩個強盜齊聲恐嚇他。

皮諾丘再度搖搖頭又搖搖手來表示：「我半便士也沒有。」

「把錢交出來，不然你就死定了！」高個子強盜對他說。

「死定了！」矮個子強盜跟著說了一遍。

「等我們解決掉你，再去解決你爸爸！」

「再去解決你爸爸！」

「不，不，不可以殺我爸爸！」皮諾丘嚇得魂不附體，驚叫出聲；他一說話，嘴裡的金幣就叮叮噹噹地發出聲響。

「啊，真狡猾！這就是你的詭計，居然把錢藏在舌頭下面，快給我吐出來！」

但皮諾丘的脾氣跟往常一樣執拗，怎麼會聽從強盜的話呢。

「你聾了嗎？等著，小子，我們立刻就能把錢從你嘴巴裡弄出來。」

兩個強盜其中一人抓住小木偶的鼻子，另一人抓住他的下巴，毫不留情的將他使勁往兩邊拽，硬是要把他的嘴巴拉開。但他們使盡力氣，小木偶的嘴巴彷彿被牢牢釘住，就是拽不開。情急之下，矮個子強盜從口袋拿出一把長刀，試著撬開皮諾丘的嘴巴。沒想到皮諾丘卻以迅雷不及掩耳的速度一口咬掉了強盜的手；當他張嘴吐掉強盜的手時，驚訝地發現自己咬掉的不是手，而是一截貓爪子。首次的反擊勝利讓皮諾丘士氣大振，他成功地從壞人的爪子中掙脫後，趕緊跳越過路旁的樹叢，飛快的奔跑穿過田野；但他的追兵就像兩隻追逐著野兔的獵犬，緊跟在他身後。

皮諾丘一直不停的跑了大約七哩路，直到筋疲力盡地快跑不動了，他發現自己迷了路，便爬上一棵大松樹，坐在樹上觀看著周遭的地形和環境。追上他的強盜們也試著爬上大樹，不過卻失足從樹上摔了下來。強盜們並沒有因此氣餒，反而更鍥而不捨的想法子要把皮諾丘趕下大樹。他們撿拾了一大捆樹枝，堆在大松樹下，然後放火點燃。轉眼間，松樹就發出了劈劈啪啪的聲音，火勢順著樹幹向上延燒，彷彿是一支迎風助長，愈燒愈旺的蠟燭。皮諾丘可不想被活活燒死，成了火烤小木偶，他只好趕緊跳下大樹，繼續拔腿狂奔。強盜們仍舊緊追在後。皮諾丘奮力的一直往前跑，跑到天快要亮的時候，前方突然出現了一個深水潭擋住去路，泥巴色的潭水又髒又濁……

他該怎麼辦才好呢？「一、二、三！」皮諾丘用力一躍，就跳越過了水潭。強盜們也跟著往前一跳，但卻沒算好距離，結果「嘩啦」一聲掉進了深水潭，還濺起大大的水花噴到了岸邊的皮諾丘。皮諾丘聽見落水聲並沒有慢下腳步，只是開心的又叫又笑，「先生們，好好洗個澡吧。」他認為強盜們肯定淹死了，還不時回頭確認一下。沒想到這兩個黑漆漆的身影依然緊追在他身後。他們全身上下都濕透了，裹著他們的黑衣沿路滴滴答答地滴著水。

15

強盜追上了皮諾丘，抓住了他，將他吊在一棵大橡樹上。

小木偶愈跑愈擔心自己會落入追兵手中，忽然之間，他看見森林裡有一棟雪白發亮的小木屋，坐落在林木間。

「如果我跑到那間小屋子，或許就能得救了。」他對自己說。

一秒也不浪費，他邁開步伐飛快地在林間穿梭，強盜仍一路窮追在後。在兩方拉鋸追逐將近一小時之後，皮諾丘又累又喘地終於來到了小木屋的門口。他敲敲門，卻沒有人回應。追兵的腳步和喘息聲逐漸接近，於是他更大力再敲敲門，還是無人應門。皮諾丘情急之下開始對著門又踢又打，一副不打破門不罷休的樣子。這麼大的聲響，終於有人打開了窗戶；一位可愛的姑娘探出頭來。

她的頭髮是天藍色，臉色卻有些蠟白；她緊閉著雙眼，雙手交疊在胸前，用虛弱到幾乎聽不見的聲音說：「這裡沒有人住，每個人都死了。」

「妳好心幫我開個門？」皮諾丘苦苦哀求著。

「我也死了。」

「死了？那妳在窗邊做什麼呢？」

「我在等棺材來把我運走。」說完話，小女孩便無聲無息地從窗戶後面消失了。

「喔，美麗的藍髮姑娘！」皮諾丘哀哀叫著，「開個門吧，我求求妳了，可憐可憐被兩個強盜追著的小男——」

皮諾丘還來不及把話說完，兩隻孔武有力的手就抓住了他的脖子，然後他聽見兩個熟悉的恐怖聲音咆哮著：「抓到你了！」

彷彿看見死神就在他面前張牙舞爪，皮諾丘嚇得直打哆嗦，腿上的關節抖得都喀喀作響，舌頭下的金幣也發出叮叮噹噹的聲音。

「究竟，」強盜問，「你要不要打開你的嘴巴呢？啊！你不打算回答嗎？好吧，這次非讓你張開嘴巴不可。」

強盜們拿出兩把尖銳的長刀子，狠狠地在小木偶的背上砍了兩下。沒想到皮諾丘是用極為堅硬的木頭做的，砍向他的長刀反而碎成了一千片。強盜又驚又詫的看著彼此手中仍握著的刀柄。

「我知道了，」高個子強盜說：「現在別無他法，只能把他吊起來。」

「吊起來！」另一個人又跟著說了一遍。

他們把皮諾丘的手反綁在背後，將絞繩套在他的脖子上；然後找了一棵巨大的橡樹，將繩子拋向高處的樹幹，拉啊拉的，把倒楣的小木偶高高吊在空中。強盜們相當滿意自己的傑作，坐在草地上等待，等著皮諾丘嚥下最後一口氣。結果等了三小時，小木偶的眼睛還是瞪得老大，嘴巴閉得死緊，雙腿更是拼命掙扎。

強盜們等累了，就嘲弄的向他喊話：「明天——見啦！等我們早上回來，希望你自己懂事，讓我們發現你已經嘴巴張得大大的，死翹翹啦！」說完他們就離開了。

強盜們離開後沒多久就開始狂風大作，風兒一會兒怒號，一會兒嗚咽，可憐的小受難者被強風吹過來吹過去，像個鐘槌似地晃呀晃的；小木偶被晃得頭暈眼花，脖子上的絞繩愈勒愈緊，讓他快要不能呼吸了。他眼前一點兒一點兒地變黑了，死神一步步地朝他逼進，但小木偶仍盼望著有個好心人會出現救他一命，可惜沒有半個人來。將死之際，他想到自己可憐的老爸爸，幾近無意識的喃喃自語著：

「喔，爸爸，親愛的爸爸，如果你在這裡……」

這是他說的最後一句話，接著他雙眼一閉，嘴巴一張，雙腿一蹬，吊在那兒彷彿死了一般。

16

可愛的藍髮小姑娘救回了小木偶，並請來三位大夫判定皮諾丘究竟是生是死。

可憐的小木偶要是再多吊上一會兒，可真是毫無指望了。幸好他運氣好，可愛的藍髮姑娘再次探頭到窗外，看見這個不幸的小孩子無助地被狂風吹得東搖西晃，非常同情他，於是她輕快的拍了手掌三下。

掌音剛落，便傳來鳥兒振翅的噗噗聲，然後一隻大老鷹飛到窗邊，停在窗台上。

「迷人的仙女，妳有什麼吩咐？」老鷹向仙女深深一鞠躬，以表尊敬。（大家要知道，可愛的藍髮姑娘其實就是善良的仙女，她已經住在森林裡一千多年了。）

「你有看見那邊那個吊在大橡樹上的小木偶嗎？」

「看見了。」

「很好。現在立刻飛過去，用你強健的鷹嘴解開綁住他的繩索，把他帶下來，輕輕地放在橡樹下的草地上。」

老鷹立刻往大橡樹飛過去。兩分鐘後，他回來說：「我已經遵照妳的吩咐，把小木偶放在草地上了。」

「他看起來如何？是生是死？」

「第一眼，我覺得他死了。但後來我發現自己錯了，因為等我鬆開他脖子上的結，他吐了長長一口氣，然後用微弱的聲音說『這樣好多了』。」

仙女又拍了兩下手掌，一隻衣著華麗的貴賓犬，用後腳站著，人模人樣的走進了房間。他身穿車夫制服，頭上俏皮的戴著一頂金色蕾絲鑲邊三角帽，帽子下是一頂又捲又長，直達腰際的白色假髮。他制服的上半身是一件鑲著鑽石鈕扣的巧克力色天鵝絨外套，上面有兩個大口袋，裝滿了親愛女主人晚餐時賞給他的骨頭。下半身是深紅絲絨馬褲，內搭絲質褲襪，再配上一雙低跟銀拌扣的拖鞋。他的尾巴為了怕雨淋，還用藍色軟綢包裹著。

「過來，麥多羅，」仙女對他說：「駕著我最好的馬車到森林裡。到了大橡樹旁，你會發現一個可憐、奄奄一息的小木偶躺在草地上。溫柔的把他抱上馬車，放在絲墊子上，帶他回來找我。」

貴賓狗搖搖用絲綢裹住的尾巴表示明白，他領命轉身快速走了。不一會兒，一輛漂亮的馬車從馬廄急駛而出，車身全由玻璃打造而成，車上的墊子裡塞滿了金絲雀的羽毛，像鮮奶油和巧克力布丁一般柔軟。一百對白老鼠拉著這輛馬車，貴賓犬坐在駕駛座上，歡快的舞著鞭子，彷彿他就是一個真的車夫，正要趕往目的地。

一刻鐘後，馬車就回來了，仙女早已在大門等待。她抱著小木偶走進用珍珠鑲滿牆壁的華美房間，然後將他放到床上，並立刻請來附近最有名的大夫。

大夫們陸續來了。他們是一隻烏鴉，一隻貓頭鷹和一隻會說話的蟋蟀。

「先生們，我想要知道，」仙女對聚集在皮諾丘床前的三位大夫說，「這個可憐的小木偶究竟是死還是活？」

在仙女的要求下，烏鴉上前幫皮諾丘把了把脈，檢查了鼻子，還有他小小的腳趾頭；然後一臉嚴肅的宣布：「在我心中這個小木偶已經死翹翹了；但如果，他居然莫名其妙沒有死掉，那麼就表示他確實還活著。」

「很抱歉，」貓頭鷹說，「我跟烏鴉大夫，我最負盛名的朋友、同行，看法完全相反。在我心中這個小木偶還活得好好的，但如果，他居然莫名其妙不是活著，那麼就表示他確實已經死了。」

「那你的看法呢？」仙女問會說話的蟋蟀。

「我認為做為一個睿智的大夫，當他不知道自己在說什麼的時候，至少該明白閉嘴才是上策。不過，這位小木偶我可不陌生，我認識他好久了。」

原本一聲不吭、一動也不動的皮諾丘，突然全身開始發抖起來，抖得連床都搖起來了。

「這個小木偶，」會說話的蟋蟀繼續說，「是最壞、最調皮的搗蛋鬼。」

皮諾丘張開了雙眼，又馬上闔起來。

「他沒禮貌又懶惰，還翹家。」

皮諾丘把臉埋進床單裡，想把自己藏起來。

「這個小木偶是一個不乖又不聽話的兒子，傷了他父親的心。」

這時大家都聽到了長長的啜泣聲、哭泣聲，還有低低的嘆息聲。他們掀開床單，發現皮諾丘已經哭成了一個淚人兒。

想想大家是多麼驚訝啊！

「死人要是哭了，就表示他們開始康復了。」烏鴉一臉嚴肅的說。

「很抱歉，我與我最負盛名的朋友、同行，看法完全相反。」貓頭鷹說，「但對我來說，當死人哭了，是表示他們還不想死。」

17

皮諾丘吃了糖卻不肯吃藥。

當送葬人要帶他走，他趕緊把藥喝了，身體就好了。

後來他撒了謊，他的鼻子就愈變愈長，做為懲罰。

三位大夫離開之後，仙女走到床邊伸手摸了摸皮諾丘的額頭，然後發現他發著燒。於是她把一杯加了白色粉末的水拿給小木偶，溫柔的說：「把這個喝掉，過幾天你就又生龍活虎了。」

皮諾丘看看杯子，做了個鬼臉，嘟嘟噥噥地問：「這是甜的還是苦的？」

「是苦的。但喝了對你有好處啊！」

「如果是苦的，那我不要喝。」

「喝掉。」

「我不喜歡任何苦的東西嘛。」

「你要是喝掉它，我就給你一撮糖吃，去除嘴裡的苦味。」

「糖呢？」

「在這兒。」仙女從黃金糖碗裡取了一撮糖。

「我想先吃糖，然後才要喝苦苦的水。」

「你答應我？」

「嗯。」

於是仙女把糖給了皮諾丘。

皮諾丘又嚼又吞的一瞬間就把糖吃得精光，咂咂嘴說：「如果糖是藥的話，我肯定天天吃。」

「現在你得說話算話，把這杯藥喝掉。對你有好處的。」

皮諾丘雙手接過玻璃杯，一低頭，鼻子就插進杯中；他把杯子舉高放到嘴邊，鼻子又插進了杯子裡了。「好苦！實在好苦、好苦啦！我沒法兒喝！」

「你都還沒喝到，怎麼知道它多苦呢？」

「想都想得出來。我聞到了。我想再吃一撮糖，然後我就會把藥喝掉。」

仙女有著好母親般的無比耐心，又給了他一些糖，然後再次把杯子遞給他。

「這樣我沒辦法喝。」小木偶扮了個鬼臉說。

「為什麼？」

「因為腳上的羽毛枕頭讓我不舒服。」

仙女拿掉了枕頭。

「沒用的，我現在還是沒辦法喝藥。」

「又怎麼了？」

「我不喜歡門這樣子半開著。」

仙女關上了門。

「我不要喝嘛！」皮諾丘大哭大鬧起來，「我不要喝這個恐怖的藥啦！我不要，不要，不要嘛！」

「孩子，你會後悔的。」

「我不管。」

「你病得很嚴重。」

「我不管。」

「不到幾小時，高燒就會把你帶去另一個遙遠的世界了。」

「我不管。」

「你不怕死嗎？」

「一點兒也不怕。我寧可死也不要喝這麼難吃的藥。」

這時房門突然打開了，走進來四隻全身黑漆漆的兔子，他們的肩膀上合力扛著一口小棺材。

「你們來這裡做什麼？」皮諾丘問。

「我們是為了你而來。」最大的那隻兔子說。

「為了我？但是我還沒死啊？」

「沒錯，你現在還沒死；但再幾分鐘你就要死了，誰叫你不肯吃藥，讓你自己好起來呢。」

「喔，仙女，我的仙女！」小木偶叫嚷著，「把杯子給我，快點，拜託！我不想死啊！不，不，還沒啦，我還沒死啦！」皮諾丘嚇得雙手緊握著玻璃杯，一口氣就把藥喝光了。

「好吧，看來這次我們只好空手而歸了。」四隻兔子一本正經的轉身，然後邁著大步，扛著小小的黑棺木離開了房間，嘴裡喃喃抱怨著。

不過就這麼一轉眼的時間，皮諾丘覺得自己身體恢復了。他一跳就跳下了床，然後把衣服穿好，又跑又跳的繞著房間轉來轉去。

仙女看著他滿屋子又跑又跳，快樂的像一隻小鳥，開口對他說：「我的藥對你還是有好處的，是不是？」

「超有用的！它讓我重獲新生了！」

「那麼為什麼非得我好說歹說老半天，你才肯喝藥呢？」

「我是個小男孩啊，妳知道的，全天下的小男孩們都討厭吃藥，比討厭生病還討厭。」

「那太糟糕了！小男孩們得知道，乖乖按時吃藥可以讓他們少受很多苦，甚至挽救他們的生命。」

「下次就不用這麼辛苦的要求我了。我只要一想到扛著黑棺材的黑兔子，就會拿起玻璃杯，咕嚕咕嚕一口把藥喝下去。」

「過來告訴我，你是怎麼落入強盜手中的？」

「事情是這樣的，吞火人給了五枚金幣要我拿回家給爸爸，可是我在路上碰見了狐狸和貓。他們問我：『你想把五枚金幣變成兩千枚嗎？』我回答：『想。』然後他們說：『跟我們一塊兒去奇蹟田吧！』我回答：『走吧。』接著他們說：『讓我們在紅龍蝦旅店休息吃晚餐，到了半夜再出發。』我們吃完飯，上床睡覺；等我醒來時，他們卻走了，我只好孤單一人摸黑上路。路上碰到兩個穿著黑衣服的強盜對我說：『要錢還是要命？』我告訴他們：『我半毛錢也沒有。』其實呢，我把錢藏在舌頭下面了。其中一人把手伸進我的嘴裡，手就被我咬斷了，可是那不是手，而是一截貓爪子。後來他們一路追殺我，我拼命逃跑，最後還是被他們抓住了。他們就用繩子繞住我的脖子，把我吊在樹上，然後說：『明天我們會再回來，到時候你已經死了，嘴巴也打開了，我們就能拿到藏在你舌頭下的金幣啦！』」

「金幣呢？」仙女問。

「我弄丟了。」皮諾丘回答。他撒謊了，其實金幣就在他的口袋裡。

謊話一說出口，皮諾丘原本就很長的鼻子又長長兩吋。

「你在哪兒弄丟金幣的？」仙女又問。

「附近的林子裡。」

皮諾丘又說了第二個謊話，鼻子又長長了好幾吋。

「如果你的錢掉在附近的林子裡，」仙女說，「我們可以去找找，一定會找到。有人掉東西就會有人撿到。」

「啊，我想起來了，」皮諾丘前言不搭後語，不知所云的說，「我的金幣沒掉，不過喝藥時不小心吞到肚子裡了。」

第三個謊話一說出口，皮諾丘的鼻子又變得更長了，長到頭都無法轉動了；因為他往右轉，鼻子不是會撞到床，就是會刺穿玻璃窗；他朝左轉，鼻子就會卡在牆上；他只好把頭微仰起來，鼻子卻差點戳到仙女的眼睛。

仙女坐著，瞧著他直發笑。

「妳笑什麼？」小木偶問她，發愁得看著自己的鼻子一直長不停。

「我笑你在撒謊啊！」

「妳怎麼知道我說謊？」

「孩子啊，人只要說謊馬上就會被發現了。☆3 世上有兩種謊言，一種會讓腿變短，一種會讓鼻子變長。你剛剛說的謊呢，就是會讓鼻子變長的謊話。」

皮諾丘覺得又羞又愧，不知道該往哪裡躲才好，他一心只想逃出房間，但這時鼻子已經變得太長了，長到他根本走不出房間。

☆3：*Lies, my boy, are known in a moment.*

18

皮諾丘再度遇上狐狸跟貓，還跟著他們去奇蹟田種金幣。

小木偶為了自己的長鼻子而傷心欲絕，嚎啕大哭了好久；但無論他怎麼試，他的長鼻子就是動彈不得。仙女裝得一點也不同情他，因為她決心要好好讓他得到教訓，讓他以後不再撒謊。小孩子學到的壞習慣中，說謊是最要不得的一項。但她看著他面無血色，眼睛因為害怕睜得好大，眼球都快掉出來了，又忍不住同情他；於是她拍了拍手掌心，一千隻啄木鳥便從窗口飛了進來，停在皮諾丘的鼻子上。他們啄啊、啄啊、啄的，拼命地啄著碩長的鼻子，幾分鐘後，皮諾丘的鼻子就變回原來的長度了。

「妳真是個大好人，仙女。」皮諾丘擦乾了眼淚。「我是多麼愛妳啊！」

「我也愛你。」仙女回答，「你可以留下來跟我一起生活，當我的小弟弟，我就是你友愛的小姐姐。」

「我很想留下來，但是我可憐的爸爸怎麼辦呢？」

「我早就想到了，我已經差人去接你的父親，傍晚他就會到了。」

「真的嗎？」皮諾丘歡呼著：「那麼，我的好仙女，如果妳同意的話，我想親自去迎接他。我等不及要親親這可愛的老人家，他為我犧牲太多了。」

「當然好。去吧！但小心別再迷路了。記得沿著林間小徑走，你就會遇見他了。」

皮諾丘出發了，一進入森林，他便跑得像條野兔一樣快，穿梭在林間。他一直跑到大橡樹前，然後覺得樹叢裡有動靜，便停下腳步；他沒聽錯，因為他看見狐狸與貓；他在紅龍蝦旅店共進晚餐的兩個旅伴就站在樹叢中。

「我們親愛的皮諾丘來了！」狐狸嚷著，對他又親又抱。

「你怎麼會在這裡？」

「你怎麼會在這裡？」貓跟著又說了一遍。

「說來話長。」小木偶說，「我告訴你們，那天晚上，你們把我獨自留在旅店之後，我在路上碰到了強盜——」

「強盜？喔，我倒楣的朋友，他們想要什麼？」

「他們想搶我的金幣。」

「壞蛋！」狐狸說。

「這些壞蛋壞透了！」貓這麼說。

「我只好趕緊逃走，」小木偶接著說，「但他們一路追著我，最後就把我吊在那棵橡樹的樹幹上。」皮諾丘指指一旁的大橡樹。

「還有比這更糟糕的事嗎？」狐狸說。「我們生活在多麼可怕的世界啊！像我們這樣的紳士要在哪裡才能安身立命呢？」狐狸兀自說著話。

皮諾丘卻注意到貓的右爪綁著繃帶，他問：「你的爪子怎麼啦？」

貓支支吾吾的半天說不出話來，於是狐狸替他回答：「我的朋友實在太謙虛了，不好意思說，讓我來代他回答。大約一小時前，我們在路上碰見一隻老野狼。他餓得不成狼形了，哀求我們幫幫他。我們沒任何食物能給他，你知道我這個心地善良的朋友做了什麼嗎？他咬掉了自己的前爪，施捨給那個可憐的傢伙吃。」狐狸說著、說著，還擦掉一滴眼淚。

皮諾丘也快哭了，在貓的耳朵旁輕聲說：「如果所有的貓都像你這樣，老鼠們會有多幸運啊！」

「你在這裡做什麼呢？」狐狸問小木偶。

「我在等我爸爸，他隨時會到。」

「你的金幣呢？」

「除了在紅龍蝦旅店花掉的那一枚，其他的都還在我的口袋裡。」

「想想看，這四枚金幣明天就可能變成兩千枚哪。你為什麼不聽我的話呢？為什麼不把他們種在奇蹟田裡？」

「今天來不及了。我再找時間跟你們去。」

「到時候就太遲了。」狐狸說。

「為什麼？」

「有個大富翁買下了那塊田，今天是開放給大家進去的最後一天。」

「奇蹟田離這兒有多遠？」

「只有兩哩路。你和我們一起去吧，半小時就到了。你把錢種下去，等上幾分鐘，就能收穫兩千枚金幣，回家當個大富翁。你要來嗎？」

皮諾丘沒有馬上開口回答，他想起了好心的仙女、老杰佩托，又想到會說話的蟋蟀的忠告；但他終究做了天下小男孩們沒心、沒肺、沒腦袋時都會做的決定；他聳聳肩，對狐狸和貓說：「走吧，我跟你們一起去。」

於是他們出發了。他們走啊走的，走了至少大半天，終於來到一座名為傻蛋城的市鎮。到了鎮上，皮諾丘就發現街道到處都是光溜溜的無毛狗，狗嘴巴張得大大的，餓得直打呵欠；綿羊的羊毛也被剃得一根不剩，凍得直發抖；公雞也缺了雞冠，沿路向人乞討一粒麥子充饑；大蝴蝶根本揮舞不動翅膀，只因上頭美麗的顏色全都賣掉了；少了尾巴的孔雀，害羞得想要將自己藏起來；渾身灰撲撲又髒兮兮的雉雞急忙地走著，哀悼再也長不出來的閃亮金銀羽毛。雖然鎮上放眼望去皆是貧民乞丐，馬路上卻不時有美麗的馬車駛過，上頭坐著狐狸或老鷹，或禿鷹。

「奇蹟田在哪裡啊？」皮諾丘問，他已經等不及了。

「有點耐心，再幾步路就到了。」

他們穿越了市鎮，一走出城牆是一片僻靜無人的田野，看起來跟其他的田野沒什麼不一樣。「我們到了。」狐狸對小木偶說，「你在這裡挖個洞，然後把金幣埋進去。」

小木偶照著狐狸的話，在田裡挖了一個洞，把四枚金幣埋進去，再掩蓋起來。

「現在，」狐狸說，「到附近的小溪提一桶滿滿的水，澆在這塊土地上。」

皮諾丘乖乖的遵照指示，只不過沒有水桶，他只好脫掉鞋子，在鞋裡裝滿水，澆在覆蓋著金幣的泥土上。然後他問：「還要做什麼嗎？」

「沒有了。」狐狸回答：「現在我們可以走了。過二十分鐘再回來，你就會看見長滿了金幣的藤蔓。」

皮諾丘高興地不得了，再三謝謝狐狸和貓，承諾要送他們一人一樣大禮。

「我們不要你的禮物，」這兩個惡棍說，「我們能幫助你輕輕鬆鬆的變成有錢人，就已經很驕傲、很快樂、很滿足了。」他們向皮諾丘道別，祝他好運，便離開了。

19

皮諾丘的金幣被劫走了，還被懲罰判刑，坐了四個月的牢。

即使他們告訴小木偶要等上一整天，也不會比這二十分鐘還要度日如年。皮諾丘心急如焚、來來回回地走著，終於時間到了，他把鼻子轉向奇蹟田，匆匆忙忙地往回走，小小的心臟像掛鐘一樣滴答、滴答緊張地跳著，腦子裡轉過各種念頭：

「如果，我找到不只一千枚，而是兩千枚金幣呢？或是不只兩千枚，而是五千枚——或是一萬枚呢？到時我要替自己蓋一座美麗的宮殿，裡面有一千間馬廄、養一千匹木馬陪我玩；還要挖一間地窖，裡面裝滿檸檬汁和冰淇淋汽水；再蓋一間放滿糖果、水果、蛋糕和餅乾的圖書館。」

皮諾丘沉浸在美好的幻想中，不知不覺間已來到了田邊。他停下腳步，找著田裡哪邊有長出一條結實累累、垂滿金幣的藤蔓；卻什麼都沒看見！他又往前走了幾步，還是什麼都沒有看到；他踏進田裡，走到剛才埋金幣的地方，仍舊什麼都沒有！皮諾丘百思不得其解，完全忘記要維持良好的舉止教養，他把手從口袋裡伸出來，拼命抓著腦袋；突然聽見頭頂上方爆出一陣開心的笑聲。他猛地轉身，發現樹幹上坐著一隻大鸚鵡，正忙著梳理羽毛。「你在笑什麼？」皮諾丘沒好氣的問。

「整理翅膀下面的羽毛時，我不小心搔到自己癢了。」

小木偶沒吭氣。他走到小溪旁，用鞋子盛滿水，再次澆在蓋著金幣的土地上。安靜的田野又爆出一陣笑聲，聽起來比之前還沒禮貌。

「請問一下，」小木偶叫起來，又氣又惱，「鸚鵡先生，我可以知道這次又是什麼娛樂了你？」

「我在笑那些輕易相信別人、隨隨便便就上當受騙的傻瓜。」

「難道你指的是我嗎？」

「我指的就是你，可憐的皮諾丘——你就是一個小傻瓜，居然相信可以像種豆子或種西葫蘆一樣，把金幣種在田裡。我曾經也這麼傻，如今只能後悔莫及。今日（雖然已經太遲了）我得出了這樣一個結論，人要努力工作，知道如何用雙手或腦袋賺錢，才是正直的賺錢之道。」

「我不明白你說什麼？」小木偶邊說邊因為恐懼而打起哆嗦。

「太不幸了！讓我講得更明白些，」鸚鵡說，「你剛剛待在城裡時，狐狸和貓急急忙忙趕了回來，拿走了你埋下去的四枚金幣，飛也似的早跑啦！如果你能抓住他們，就太勇敢了。」

皮諾丘驚訝得嘴巴張得開開的，他拒絕相信鸚鵡的話，又急又氣地開始埋頭挖開土堆。他挖啊挖的，挖出了一個大到都可以埋下他整個人的大洞，但還是沒有四枚金幣的蹤跡，連一便士都沒有。皮諾丘絕望得不得了，他跑到城裡，直奔法院，向法官控訴他遭到搶劫了。法官是一位年老力衰的大猩猩，一臉飄逸的白鬍子垂至胸前，戴著一副已經掉了鏡片的金邊眼鏡。他解釋說，戴眼鏡是因為工作太多年，害得他視力都變差了。皮諾丘站在他面前，一字一句的道出自己的悲慘經歷；他提供了強盜的姓名及特徵，哀求法官還他一個公道。法官以極大的耐心聽著皮諾丘的陳述，眼中閃爍著仁慈的光芒，他對皮諾丘說的故事極為投入，感動得幾乎落淚。當皮諾丘終於講完話，法官伸手敲敲鐘槌；鐘聲召喚來兩隻穿著騎兵制服的大獒犬。

法官指著皮諾丘，沉重的說：「這個可憐的傻瓜的金幣給劫走了。所以呢，把他抓起來，丟進監獄吧。」小木偶聽到自己被判刑，驚嚇得呆住了。他試圖抗議，可是兩名軍官用爪子摀住他的嘴，連抓帶拽地把他送進了監獄。

就這樣，無奈又哀怨的皮諾丘被關在監獄，待了長長的四個月。如果不是運氣好，他可能還得被關上更久的時間。我親愛的孩子們，因為統治傻蛋城的年輕國王打敗了他的敵人，贏了一場大勝仗，於是他下令全城點亮燈、放煙火，並舉辦各種表演來慶祝勝利；最棒的是，打開每一扇監獄的門。

「如果大家都走了，我也要走。」皮諾丘對獄卒說。

「你不行。」獄卒回答：「你是那種——」

「我求求你放了我，」皮諾丘打斷他，「我也是個小偷。」

「這樣的話，你也自由了。」獄卒說完就摘下帽子，對他鞠個躬，並打開監獄大門；皮諾丘立刻頭也不回的跑了出去。

20

離開監獄重獲自由的皮諾丘要回到仙女身邊，
但途中他碰上了一條大蛇，後來又落入陷阱中。

想像一下，重獲自由後的皮諾丘是多麼歡喜雀躍吧！

皮諾丘加快腳步趕緊離開傻蛋城，踏上回到親愛仙女家的路。連下了好幾天的雨使得路上泥濘不堪，好幾次皮諾丘都不小心陷在泥巴堆裡；這些泥堆都快跟他膝蓋一樣高了，但他堅忍不拔地繼續往前走，一心一意只想快點見到爸爸和藍髮仙女姐姐，他跑得像獵犬那樣快，腳步濺起的泥巴都沾到帽子了。

「我之前多麼悲慘啊！」他對自己說：「可是這一切都是我活該，誰叫我這麼固執跟愚蠢，總是一意孤行地不聽愛護我、比我聰明的人勸誡我。不過從現在開始，我要改頭換面，重新做人，努力成為一個最聽話的小男孩。我已經明白也不會懷疑了，不聽話的小男孩絕對不會幸福快樂，而且終究要倒大楣。不知道爸爸是否還在等我？我會在仙女的家裡見到他嗎？可憐的爸爸，我已經太久沒見到他了，而我是多想要他的愛及親吻啊！在我做了這麼多錯事之後，仙女會原諒我嗎？她對我這麼好，還救了我一命呢！世界上還有比我更無情無義的小男孩嗎？」

皮諾丘邊趕路邊自言自語，然後像是有什麼東西嚇著他了，他突然停下腳步，一動也不敢動。怎麼回事？原來有一條好長好大的巨蛇橫躺在路面，擋住了去路；他一身鮮綠色蛇皮，一雙眼睛像火光般炯炯有神，高高舉起的尾巴像煙囪般冒著縷縷炊煙呢。可憐的皮諾丘嚇得心驚膽顫，立刻轉身足足狂奔了半哩路，才在一座石堆前停下來；然後遠遠地觀望著，等著巨蛇離開，他才能通過。可是他等了一小時、兩小時、三小時，巨蛇始終待在那兒；從很遠的地方，就可以瞧見他紅通通的雙眼一閃一閃，又長又尖的尾巴冒著煙。

皮諾丘鼓足了勇氣，筆直地走到巨蛇面前，用甜蜜又溫柔的聲音開口說：「打擾一下，蛇先生，你可以好心的挪到旁邊，借我過路嗎？」

皮諾丘還不如對著一面牆說話呢，巨蛇一動也不動。他又一次以同樣甜蜜的聲音，說：「蛇先生，你得知道，我要回家，我爸爸正在家裡等著我呢，我好久好久沒見到他了，你願意讓路一下嗎？」

皮諾丘等著大蛇的回應，但他沒有任何動靜，什麼也沒等到。相反的，剛剛看起來還精神抖擻、生氣勃勃的大綠蛇，突然間就毫無反應、無聲無息了，他闔上了眼睛，尾巴也不再冒煙。

「難道他死了？」皮諾丘說，歡喜得搓搓雙手。他毫不猶豫決定要跨過大蛇，但才剛抬起一隻腳，大蛇就猛得彈了起來，小木偶被狠狠地摔了一個大倒栽蔥，摔得兩腳朝天，頭栽進了泥巴裡。大蛇看見小木偶又踢又扭地死命掙扎，樂不可抑地哈哈大笑，怎麼也停不下，突然動脈破裂，當場一命嗚呼了。皮諾丘掙扎了好半天，才終於將自己從那麼尷尬的姿勢中解救出來。

好不容易脫困的皮諾丘再次開始奔跑，想在天黑前回到仙女家。可是他愈跑肚子愈餓，餓到最後實在受不了，他跳入葡萄園想摘幾個讓他垂涎的葡萄。

這下可糟糕了！

皮諾丘才一跑到葡萄藤前就聽見「喀拉」一聲，然後他發現自己的腳被困住了！

原來農夫為了要捕捉在夜裡來偷雞的黃鼠狼而設下了陷阱，但卻捉住了可憐的小木偶。

21 農夫捉住了皮諾丘，拿他當雞舍的看門狗。

你們可以想見皮諾丘又叫又哭又求救的模樣，但一點用也沒有，因為望眼四周，看不到半間屋子，連一個人影也沒有。

夜幕降臨了。陣陣的劇痛從腿上傳來，加上獨自一人在黑漆漆的曠野中，小木偶害怕得幾乎要暈過去了，這時他看見一隻小螢火蟲從眼前飛過，他趕緊叫住他：「親愛的小螢火蟲，你可以幫忙放了我嗎？」

「可憐的小傢伙，」螢火蟲停下來同情的看著他。「你是怎麼落入陷阱的呢？」

「我走進這片無人的田野，打算摘幾顆葡萄——」

「這些葡萄是你的嗎？」

「不是。」

「誰告訴你可以拿不屬於你的東西呢？」

「我餓了。」

「孩子啊，飢餓並不是可以拿別人東西的藉口。」

「沒錯！沒錯！」皮諾丘哭哭啼啼的說，「我不會再犯了！」

此時，逐漸接近的腳步聲打斷了他們的對話，來者是這片葡萄田的主人。他躡手躡腳的悄悄靠近，想看看自己是不是抓到了偷雞的黃鼠狼。他舉起燈籠一照看，驚訝的發現並沒抓著黃鼠狼，反而抓到一個小木偶！

「啊！你這個小偷！」農夫生氣的說，「原來是你偷了我的雞！」

「不是我！不是，不是的！」皮諾丘叫嚷著，哭得可憐兮兮的。「我只是想摘幾顆葡萄解解餓。」

「會偷葡萄的人就有可能偷雞，我要好好給你一個教訓，讓你永生難忘。」

農夫打開捕獸夾，提起小木偶的領子，像拎小狗般的一路把他拎回農舍。走到屋子前面時，農夫把小木偶丟到地上，一隻腳踩在他的脖子上，粗聲粗氣的對他說：「現在時間晚了，該睡覺了，明天我們再來處理這件事。在那之前，你就代替我死掉的看門狗看守雞舍吧。」說完，農夫就把狗圈緊緊地套在皮諾丘的脖子上，狗圈上還繫了一條長長的鐵鍊，鍊子的另一端就釘在牆上，牢固而無法鬆脫。

「如果下雨了，」農夫說，「你可以睡在旁邊那間狗屋裡，裡頭有足夠的麥桿可以鋪軟床。過去三年，那就是梅拉普的床，做你的床也綽綽有餘了。要是有小偷來，記得要汪汪叫啊！」農夫警告完小木偶，便回到屋裡，關上門並拉上了門栓。

可憐的皮諾丘又冷又餓又害怕，半死不活地縮在狗屋旁。緊勒住脖子的狗圈，差點沒把他勒死，他微弱地哭喊著：「是我活該！是的，我活該！誰叫我是個懶惰又翹家的小孩。我從來不聽別人的話，愛怎麼樣就怎麼樣。如果我像大多數的小孩一樣讀書、工作，留在我可憐的老爸爸身邊，現在就不至於淪落至此，一個人在這片黑漆漆的田野中，做一隻看門狗的替代品。喔！如果一切可以從頭來過該有多好！但事以至此，我只得有耐心。」

皮諾丘心有所感的對自己講了一番大道理後，就鑽進狗屋裡睡著了。

22

皮諾丘發現了小偷，農夫讓他重獲自由，做為他忠心耿耿的回報。

小男孩們就算再愁苦再不開心，也很少煩惱得睡不著覺。小木偶當然也不例外，他安安穩穩的睡了好幾個小時，直到半夜才被院子裡傳來的窸窸窣窣聲音吵醒。他把頭和長鼻子伸出狗屋外，看見四隻渾身是毛的瘦長動物。他們就是熱愛雞蛋和小雞的黃鼠狼。

其中一隻走離同伴們，來到狗屋前，以甜蜜的聲音說：「晚上好啊，梅拉普。」

「我不叫梅拉普。」皮諾丘回答。

「那你是誰？」

「我是皮諾丘。」

「你在這裡做什麼？」

「我是看門狗。」

「那梅拉普去哪兒了？就是原本住在這間狗屋裡的老狗。」

「他今天早上死掉了。」

「死了？可憐的傢伙！他人超好的。不過，看你的長相，我想，你也是一隻好脾氣的狗吧！」

「請你看清楚，我不是狗。」

「那你是什麼呢？」

「我是一個小木偶。」

「但你現在是看門狗？」

「我得很遺憾的說，是的。我正在受懲罰。」

「好吧，之前我給死去的梅拉普什麼好處，現在照單給你，我保證你絕對會欣然接受。」

「所以好處是什麼？」

「我們的打算是這樣：一如以往，每隔一陣子我們就會來拜訪這間雞舍，一次帶走八隻雞。當然，七隻算我們的，一隻算你的；前提是你得假裝熟睡，不會汪汪叫地召喚農夫過來。」

「梅拉普真的這麼做了？」皮諾丘問。

「一點兒沒錯，我們還因此成了好朋友。現在你安心地去睡吧，我們會留下一隻肥雞給你當早餐，明白了嗎？」

「太明白了。」皮諾丘嘴上這麼回答著，同時沉重地搖搖頭，似乎在說：「待會兒再來討論這事兒吧，我的朋友們。」

於是四隻黃鼠狼以為已經跟小木偶達成協議，便直奔狗屋旁的雞舍。他們手嘴並用，又抓又咬的將雞舍門咬開了一個小縫，然後鑽了進去；四隻黃鼠狼都鑽進去之後，門就「砰」地一聲被關上了！

關門的正是皮諾丘，但他還不滿意，又拖來一塊沉重的石頭擋在門口，然後開始大聲汪汪叫，叫聲就像一隻真正的看門狗：「嗚——汪——汪！嗚——汪！」

農夫聽見了響亮的吠叫聲，趕緊跳下床，拿起槍。他探出窗戶大聲喊著：「怎麼了？」

「小偷在這兒！」皮諾丘回答。

「他們在哪裡？」

「在雞舍裡。」

「我馬上出來。」

一轉眼農夫就到了院子，他匆匆跑向雞舍，打開門把黃鼠狼一隻接一隻抓出來，再把他們全都丟進袋子裡並綁起來，高興地說：「你們終於落到我手裡了！我現在就可以懲罰你們，不過我決定等到早上再把你們帶到旅店；在那兒，你們會成為那些飢腸轆轆的客人的上好晚餐。這可是無上的榮耀，你們根本不配擁有，但如你們所見，我是個善良的大好人，所以為了你們我會這麼做的。」

然後農夫走到皮諾丘面前，親切的拍拍他。「你怎麼這麼快發現他們？這麼多年來梅拉普——我那忠心耿耿的狗兒——居然都沒發現他們。」

關於梅拉普跟黃鼠狼間的可恥交易，其實小木偶可以說出他知道的一切，但想到死者已逝，他對自己說：「梅拉普已經死了，指控他又有什麼意思呢？死者已矣，無法為自己辯護。最好還是讓他入土為安吧！」

「他們來的時候，你是醒著還是睡著了？」農夫追問。

「我睡著了。」皮諾丘回答，「但是被他們說話的聲音給吵醒了。其中一隻黃鼠狼甚至走到狗屋門口對我說：『如果你答應不汪汪叫，我們會送一隻雞給你當早餐。』你聽明白了嗎？他們居然這麼大膽，試圖收買我。我雖然是一個滿身缺點的壞木偶，但我從來沒有，也絕對不會被收買。」

「好孩子！」農夫這麼喊他，並和善地拍拍他的肩膀。「你該感到自豪。為了表示我對你的感謝，從現在開始，你自由了！」然後他鬆開小木偶脖子上的狗圈。

23

得知藍髮仙女死了，皮諾丘傷心欲絕。
鴿子帶他到海邊。為了營救父親，他跳入海中。

一察覺緊套在脖子上的丟臉狗圈被鬆開了，皮諾丘立刻拔腿就跑，奔向仙女家。他穿過田野，越過草地，一路狂奔直到看見通往仙女家的大道才停下腳步。他站在大道上，遠遠瞭望著下方的山谷，看見了不幸碰上狐狸與貓的那片樹林，以及那棵差點把他吊死的大橡樹；可是他由遠至近，找了又找，卻找不著藍髮仙女的屋子。他擔心又害怕，馬上以飛快的速度跑到了屋子原本的位置，但是小屋已經不在那兒了。原本的土地上只放了一塊小小的大理石碑，上頭刻著一段哀傷的墓誌銘：

這裡躺著
有著天藍色頭髮的可愛仙女
她死於悲痛
因為她的小兄弟皮諾丘
離棄了她

讀到這段話，可憐的小木偶心都碎了。他悲痛欲絕的哭倒在地上，不停地親吻著冰冷的大理石碑。他哭了一整晚，直到天亮還是無法停止哭泣，雖然眼淚已經流乾，卻止不住地抽抽噎噎，整個木頭身子都跟著抽動。遠遠的山嶺都聽得見他的嚎啕聲。

皮諾丘泣不成聲地說：「喔，仙女啊，我最親愛、親愛的好仙女啊，為什麼是妳死啊？我這麼壞，妳這麼好，為什麼不是我死，反倒是妳啊。還有我的爸爸，他在哪裡呢？拜託、拜託好仙女告訴我，他在哪裡，我再也不會離開他了！妳不是真的死了，對不對？如果妳愛我，妳就會回來，跟以前一樣活得好好的。難道妳不心疼我了嗎？我好孤單，好寂寞。那兩個強盜要是再來，肯定又會把我吊在大橡樹上，這一次我死定了。我一個人孤孤單單的在這世界上要怎麼辦？現在妳死了，爸爸也不知去哪兒了，我要去哪裡吃飯？在哪裡睡覺？誰幫我做新衣服啊？喔，我想死了！是的！我想死啊！嗚——嗚——嗚——」

可憐的皮諾丘傷心不已，他伸手想扯頭髮，可是他的頭髮是畫在木頭腦殼上的，根本沒得扯啊。

此時一隻大鴿子從高空飛過，看見小木偶，便對他喊著：「告訴我，小朋友，你在這裡做什麼？」

「你看不出來嗎？我在哭。」皮諾丘喊著，朝聲音傳來的方向抬起頭來，用袖子擦擦眼睛的淚水。

鴿子問：「你認識一個名叫皮諾丘的小木偶嗎？」

「皮諾丘！你說皮諾丘嗎？」小木偶從地上一躍而起，「怎麼了？我就是皮諾丘。」

一聽到他的回答，鴿子便迅速降落到地面上。這隻鴿子的體型竟然比一隻火雞還大。「那麼你也認識杰佩托？」

「我認不認識他？他是我爸爸，我可憐的、親愛的爸爸啊！難道他有跟你說過我？你可以帶我去找他嗎？他還活著嗎？回答我，拜託你，他還活著嗎？」

「三天前，我在大海邊看過他。」

「他在那裡做什麼？」

「他說要造一艘小船，然後跨過海。為了找你，過去四個月來，這個可憐的人四處流浪。因為你始終毫無音訊，他才下定決心要跨海前往新世界去找你。」

「這裡離海邊有多遠？」皮諾丘焦急的問。

「五十多哩路吧。」

「五十哩路？喔，親愛的鴿子啊，要是我有你的翅膀就好了！」

「如果你想去，我可以帶你去。」

「怎麼去？」

「跨到我的背上來。你很重嗎？」

「重？我一點兒都不重，我像根羽毛一樣輕。」

「很好。」

皮諾丘跳上了鴿子的背，才坐穩就快樂得叫嚷起來：「跑啊，跑啊，我美麗的駿馬，我趕時間呢！」

鴿子振翅飛上天空，不一會兒就飛到雲朵間了。小木偶往底下一瞧，頭都暈了，趕忙抱緊鴿子的脖子以防摔下去。

這一飛就飛了一整天，到了傍晚，鴿子說：「我好渴啊！」

「我好餓呢！」皮諾丘說。

「我們到下面的鴿舍休息一下再上路吧，明天早上就可以到達海邊了。」

他們走進空蕩蕩的鴿舍，只找到了一碗水跟一小籃的鷹嘴豆。小木偶向來討厭吃鷹嘴豆。照他的說法，他吃了就不舒服，但那一晚他可是吃得津津有味，還對鴿子說：「我從來沒想過鷹嘴豆可以這麼好吃。」

「孩子啊，要記住，」鴿子回答，「飢餓是最好的調味料。」☆4

吃飽後，他們再度上路。第二天早上就到了海邊。皮諾丘一跳下鴿子的背，還來不及和鴿子道謝，他就又展翅飛走了。

海邊擠滿了人，大家都看著大海；有人尖叫，有人緊張地扯著自己頭髮。

「發生什麼事了？」皮諾丘問其中一位老太太。

「一個可憐的老父親，不久前他才失去唯一的兒子，今天他替自己造好了一艘小船，說要跨海去找兒子。可是風浪太大，我們恐怕他要淹死了！」

「那艘小船在哪兒？」

「那裡，就在那邊……」老太太指著遠方海面上像堅果殼般的小小船影。

皮諾丘定眼往遠處看了一會兒，然後驚聲叫道：「是我爸爸！是我爸爸啊！」

這時，兇猛的大浪不斷地拋甩著，小船在大海裡載浮載沉的。皮諾丘站在高處的石頭上，不斷尋找小船的蹤影，他一手高舉起帽子，同時抬高長鼻子用力揮舞著，希望遠方的爸爸也能看到他。終於，遠方海上的杰佩托看見岸上的皮諾丘了，他也摘下帽子努力揮舞。他似乎想讓大家理解他也想回來，但風浪實在太大，他根本划不動船槳。突然一個大浪打來，小船便失去蹤影了。

海岸上的人群等著盼著，但小船就這麼消失不見了。「可憐的傢伙！」漁村的居民站在岸邊嘆息，嘴裡喃喃祈禱著，陸續走離岸邊。這時傳來一聲絕望的哭喊，村民們轉身剛好看見皮諾丘跳進海裡，嘴裡喊著：「我去救他！我要去救我爸爸！」

因為小木偶是木頭做的，所以他在水裡輕輕鬆鬆就能浮起來了。皮諾丘在兇猛顛簸的海浪裡游著，身手如魚兒般矯捷；他一會兒消失不見，過了一會兒又再出現，轉眼間就離岸邊好遠，最後他的身影終於消失在大家的視線裡。

「可憐的孩子！」岸上的人們哀嘆著，嘴裡又喃喃祈禱了幾句，便轉身回家了。

24

皮諾丘抵達勤勞蜂島，與仙女重逢。

皮諾丘滿心期望能及時救到父親，在海裡載浮載沉地游了一整個晚上。這是個多麼驚濤駭浪的夜晚啊！下著滂沱大雨，又下著冰雹，雷聲隆隆，閃電劃過天空把黑夜瞬間變成了白晝。

終於天亮了，皮諾丘發現前方不遠處有一片長長的沙灘；那是在海中的一座小島。皮諾丘使勁往小島游過去，可是海浪戲耍著他，將他拋過來又扔過去，彷彿他不過是根樹枝或是根稻草。總算他運氣好，最後一個巨浪打來，剛好將他拋沖上他打算去的地方。海浪拍打岸邊的力量如此之大，把他的關節都摔出裂痕，還差點斷掉，幸好沒有大礙。

皮諾丘一躍而起，嘴裡嚷著：「我再次保住這條小命了！」

天空慢慢地放晴了。太陽破雲而出，陽光普照，燦爛輝煌，海面變得像湖水一樣平靜。於是小木偶把濕衣裳脫下來，晾在沙灘上。他望向海面，找尋載著一個老人的一艘小船。他尋尋覓覓，但什麼也沒瞧見，眼前只有大海跟藍天，視線極遠處似乎漂著幾艘帆船，可是船影太遠太小了，說不定只是飛鳥掠過的蹤影。

「要是我知道這座島是什麼地方就好了，」他對自己說，「要是我知道這裡都住著什麼樣的人，那就更好了！要問誰呢？附近半個人都沒有。」

想到自己孤零零地在這個沒有人煙的地方，他寂寞傷心得快哭了，這個時候，他看見有一條大魚在附近的海面上仰著頭游來游去。不知道該怎麼稱呼他，所以小木偶對他說：「嗨，魚先生，可以跟你說句話嗎？」

「甚至可以說兩句，如果你想的話。」魚回答。他是一條非常有禮貌的海豚。

「你可否告訴我，這座島上有沒有可以吃東西而不會被吃掉的地方呢？」

「當然有啊。」海豚回答，「事實上，離這兒不遠處就有了。」

「我該怎麼去呢？」

「走左邊那條路，跟著你的鼻子走，你不會搞錯的。」

「再告訴我一件事。你一直都在海裡遨遊，有看見一艘載著我爸爸的小船嗎？」

「你爸爸是誰？」

「他是世界上最好的爸爸，雖然我是最糟糕的兒子。」

「在昨夜的暴風雨中，」海豚回答，「小船肯定沉了。」

「那我爸爸？」

「到了這個時候，他絕對是被大惡鯊吞掉了，過去幾天來，這隻大鯊魚一直在騷擾這片海域，橫行霸道，胡作非為，大家都聞之喪膽。」

「這隻鯊魚很大嗎？」皮諾丘問，同時因為害怕開始打起哆嗦。

「他很大嗎？」海豚回答：「給你一個概念他有多大好了。讓我告訴你，他比五層樓的大樓還大，他的嘴巴又大又深，整列火車連火車頭都塞得下。」

「天啊！」小木偶驚恐的叫嚷著，他快嚇死了，趕緊把衣服穿好，然後對海豚說：「再見，魚先生，不好意思麻煩你了，非常感謝你的友好及幫忙。」說完後，他慌慌張張地奔上了小路，一聽見身後有任何輕微的動靜，就忙不迭地回頭確認是不是有五層樓高跟嘴巴大得可以塞進一列火車的大惡鯊正在追他。走了大約半小時，他來到一個小國家，叫做勤勞蜂。街上熙來攘往的，大家來來去去為自己的工作忙碌著。勤勞蜂國裡的每個人都有工作，每個人都有事可以做；就算打著燈籠也找不到半個閒人或流浪漢。

「我懂了！」皮諾丘立刻懊惱的說：「這裡不適合我，我生來就不適合工作。」

但就在這個時候，他的肚子開始餓了，上次吃東西已經是一天前了。

該怎麼辦呢？

如果他想弄點吃的，只剩兩個方法，不是得去工作，就是得開口乞討。

皮諾丘羞於開口要飯，爸爸曾告誡他，只有病弱老殘的人才可以行乞。爸爸說世界上真正值得我們同情和幫助的窮人，只有因為年老或疾病，無法靠自己能力謀生的人。其他所有人都應該工作，如果因為不工作而挨餓，那就是他們自作自受。

這時正好有個人經過，他奮力地拉著兩台裝滿煤球的小車子，累得滿頭大汗。

皮諾丘覺得他看上去是個和善的人，於是他羞慚得垂下眼睛跟對方說：「你可以發發好心，賞我一便士嗎？我餓得快昏倒了。」

「我可以給你不只一便士，」煤販回答，「如果你幫我拉這兩台貨車，我就給你四便士。」

「我太驚訝了！」小木偶一臉受辱的回答：「希望你搞清楚，我可從來沒當過驢子，也不曾拉過貨車。」

「悉聽尊便。」煤販回答，「那麼，孩子啊，如果你真要餓昏了，吃兩片自己的驕傲吧，希望你不會不消化喔！」

過了幾分鐘，又有一名砌磚工路過，他的肩膀上扛著一大桶石膏。

「大善人，你可以發發好心，給一個餓壞了的可憐小男孩一便士嗎？」

「非常樂意。」砌磚工回答，「你只要幫我提這些石膏，這樣我就不只給你一便士，我會給你五便士。」

「但是石膏好重喔！」皮諾丘回答，「這工作對我來說太辛苦了。」

「如果工作對你來說太辛苦，享受你的飢餓吧，或者他們能為你帶來好運。」

不到半小時，至少二十個人路過，皮諾丘跟每個人都開了口，但所有人的回答都是：「你不覺得可恥嗎？與其在街上當乞丐，為什麼你不去找一份工作，賺取自己的麵包呢？」

最後有個小婦人提著兩個水罐經過。

「好心的婦人，妳可以讓我從妳的水罐裡取點水喝嗎？」皮諾丘問，他已經渴得喉嚨發乾了。

「樂意之至，孩子。」她說著便將兩罐水都放到他面前的地上。

皮諾丘喝夠了水，邊擦嘴邊嘀咕：「我不渴了，要是擺脫飢餓也這麼容易就好了！」

聽見這幾句話，好心的小婦人馬上說：「如果你幫我把這幾罐水提回家，我就給你一片麵包。」

皮諾丘看看水罐，不答應也不拒絕。

「除了麵包，我還會再給你一盤好吃的花椰菜配上白醬。」

皮諾丘又看看水罐，不答應也不拒絕。

「吃完花椰菜，還會有蛋糕和果醬。」

小婦人提出的最後一項賄賂，讓皮諾丘再也無法抗拒，終於下定決心回答：「那好吧。我幫妳把水罐提回家。」

水罐又沉又重，小木偶不夠強壯，根本拿不動，只能頂在頭上。

回到家，小婦人讓皮諾丘坐在一張小桌子前，為他端上麵包、花椰菜和蛋糕。皮諾丘哪是吃啊，根本是狼吞虎嚥地解決掉眼前的食物；他的胃彷彿是個無底洞。終於吃飽喝足，他抬頭感謝善良的小婦人。只看了一眼他就驚訝得尖叫起來，他兩眼圓睜，定定的坐著，一手還舉著叉子，嘴裡塞滿了麵包和花椰菜。

「這麼驚訝做什麼？」好心的婦人笑著問。

「因為——」皮諾丘結結巴巴的回答：「因為——妳看起來像——妳讓我想起——是的，是的，一模一樣的聲音，一模一樣的眼睛，一模一樣的頭髮——是的，是的——是的，妳有她的藍色頭髮——喔，我的小仙女，告訴我，就是妳，別再讓我哭了！要是妳知道我哭得有多悽慘，我有多傷心難過……」

然後皮諾丘跪倒在地上，緊緊的抱住這個神祕小婦人的膝蓋。

25

皮諾丘答應仙女會當個乖孩子和用功讀書，因為他不想再當小木偶了，他想變成一個真正的小男孩。

小婦人擔心皮諾丘再哭下去就要化成一攤水了，所以她終於開口承認，自己就是藍髮仙女。

「你這個調皮搗蛋的小木偶，你怎麼知道是我呢？」她笑著問。

「我對妳的愛讓我知道就是妳。」

「那你是否還記得在我是小女孩的時候，你就離開了我；現在你回來，我已經長大變成了婦人。我好老了，老得都可以當你的母親了。」

「這可叫我再開心不過了，這樣我就可以叫妳為媽媽而不是姐姐。長久以來，我都想跟其他的孩子一樣，有自己的媽媽呢。但妳怎麼這麼快就長大了呢？」

「這是秘密。」

「告訴我嘛。我也想長大，妳看看我，我連一公分都沒長高呢。」

「你長不大的。」仙女回答。

「為什麼我長不大？」

「因為小木偶永遠不會長大。他們生下來是小木偶，活著的時候是小木偶，死時還是小木偶。」

「喔，我老是當小木偶，煩透了！」皮諾丘嫌惡的嚷著。「該是時候，讓我和別人一樣長大成人了。」

「如果這是你應得的，你會的——」

「真的嗎？那我該怎麼做呢？」

「非常簡單。努力做一個乖小孩。」

「妳不認為我是嗎？」

「差得遠了！好孩子都聽話，你嘛，剛好相反——」

「我從來不聽話。」

「好孩子喜愛學習和工作，你嘛——」

「而我，剛好相反，一年到頭都好吃懶作，又愛四處遊蕩。」

「好孩子永遠說實話。」

「而我老愛撒謊。」

「好孩子歡歡喜喜去上學。」

「而我一上學就頭痛、腳痛、肚子痛。但是從現在開始，我會改過自新。」

「你答應我了？」

「我答應妳，我想變成一個好孩子，成為爸爸的慰藉。我可憐的爸爸在哪裡呢？」

「我不知道。」

「我有沒有足夠的好運氣再次遇見他、擁抱他呢？」

「我認為有的。沒錯，我很確定你有。」

仙女的回答讓皮諾丘高興極了。他抓住仙女的雙手熱切地親吻著，歡喜得簡直不知該如何是好。然後他仰起臉頰，親愛的看著她問：「告訴我，小媽媽，妳不是真的死了，對吧？」

「看來是沒有。」仙女微笑著回答。

「要是妳知道我遭受了多大的痛苦，哭得有多傷心，在讀到『這裡躺著』——」

「我都知道，所以我原諒你了。你那樣傷心欲絕，讓我看見了你有一顆善良的心。像你這樣好心腸的小男孩，縱使老愛調皮搗蛋，永遠都有希望變乖、學好的。我才願意大老遠跑來找你啊。從現在起，我就是你的小媽媽了。」

「喔！太美妙了！」皮諾丘快樂得蹦蹦跳跳地叫嚷著。

「你會永遠都聽話，照我的意思做嗎？」仙女問。

「我很樂意，非常樂意，樂意之至。」

「那麼從明天開始，」仙女說，「你每天去上學。」

皮諾丘的臉色沉了一沉。

「然後再選一項最喜歡的手藝。」

皮諾丘的表情更凝重了。

「你在嘀嘀咕咕些什麼？」仙女問他。

「我只是說，」皮諾丘小聲的咕噥著，「我現在才去上學是不是太遲了。」

「當然不會。要記得，學習永遠不嫌太遲。」

「但是我不想學手藝，也不想工作。」

「為什麼？」

「我一工作就全身無力，覺得又累又煩。」

「我親愛的孩子，」仙女說，「說過這些話的人，多半落得不是進監獄就是送醫院的下場。要記住，人在世上無論貧富都應該要工作。不工作的人是無法得到快樂幸福的。懶惰的人終究要倒大楣。☆5 懶惰是很嚴重的毛病，一定得立刻治好，從小就要斬草除根。如果不治好，將來會要了你的命。」

這番話深深感動了皮諾丘。他抬眼看著仙女，認真的說：「我會工作，我會讀書，我會做所有妳要我做的事。畢竟，我實在太厭倦當小木偶的生活了，我希望變成一個真正的小男孩，無論有多麼辛苦困難。妳允諾我了，是嗎？」

「是的，我答應你，現在就全看你自己了。」

☆5 : *No one can find happiness without work. Woe betide the lazy fellow!*

26

皮諾丘與朋友一塊兒跑去海邊看大惡鯊。

隔天清晨一大早，皮諾丘就出發上學去。

讀者們想像一下，當學校裡的其他孩子們，見到一個小木偶走進教室，會有什麼樣的反應呢？他們哈哈大笑，笑到眼淚都流出來了。每個人都捉弄他；一人拉掉他的帽子，另一人扯掉他的外套，有人在他鼻子下面畫了兩撇八字鬍，甚至還有同學企圖將線綁在他的手腳上，想拉著線操控他跳舞。

皮諾丘一開始表現得非常從容淡定，但他終於還是失去耐心，開口警告欺侮他的同學：「小心點，孩子們，我可不是來讓你們取笑捉弄的。你們要是尊重我，我也會尊重你們。」

「讓我們為萬事通博士歡呼喔！你講話也太裝腔作勢了！」小男孩們齊聲吼著，接著又放聲大笑。其中一個最調皮的孩子，伸手便要揪小木偶的鼻子；可惜他的動作不夠快，小木偶搶先從桌子底下一伸腿，使勁在他的小腿上踢了一記。

「喔，好硬的腳！」那孩子痛呼，拼命揉著被小木偶踢到的部位。

「他的手肘比腳還硬！」另一個孩子跟著叫囂起來，他也對小木偶出手，卻只招來木偶手往他的肚子擊了一肘。

這一踢一肘為皮諾丘贏得了所有人的喜愛。大家都佩服他，圍著他跳舞，對他噓寒問暖，無比親熱。隨著時間過去，連老師都讚美表揚他，因為小木偶上課專心，努力用功，不打瞌睡，每天早上永遠第一個到校，下課後永遠最後一個離開。皮諾丘唯一的缺點就是他的朋友太多了；而這些朋友當中，好幾個都是調皮搗蛋、無心學習也不思上進的淘氣鬼。

老師天天警告他，甚至連好心的仙女也曾多次提醒：「留心點，皮諾丘！壞朋友早晚會讓你失去對學習的熱忱。總有一天，他們會將你帶上歧路。」☆6

「不會發生這種事情啦。」皮諾丘回答，聳了聳肩，又指指自己的腦袋，彷彿表示：「因為我太聰明了。」

有一天，他在上學的途中，遇見幾個小男孩對他說：「你有聽見大新聞嗎？」

「沒有。什麼大新聞？」皮諾丘問。

「有人在海邊看見一條大得像一座山的鯊魚。」

「真的嗎？不知道是不是爸爸落海時遇到的那一條鯊魚？」

「我們要去看看。你要來嗎？」

「不，我不要。我得去上學。」

「你幹嘛這麼在乎學校？明天再去不就成了。多上一堂或少上一堂課有什麼差別？我們永遠不會有長進的，蠢驢子就是蠢驢子。」

「老師會怎麼說呢？」

「隨他說去。他拿了薪水就是整天來嘮叨我們的。」

「那我媽媽呢？」

「媽媽們什麼都不懂。」這些頑皮鬼回答。

☆6：*Those bad companions will sooner or later make you lose your love for study. Some day they will lead you astray.*

「你們知道我打算怎麼做嗎？」皮諾丘說，「因為我自己的某些原因，我也想看看那條大鯊魚；但我會下課再去，晚點去也一樣。」

「可憐的傻瓜！」一個小男孩大叫。「你真的覺得那條大鯊魚會待在那裡等你嗎？他隨時一轉身就游走了，誰都瞧不著他啦！」

「從這裡到海邊要花多少時間？」小木偶問。

「來回要一小時。」

「好吧。讓我們看看誰先到那裡。」皮諾丘嚷著。

他一喊出口，這個小隊伍，人人腋下夾著課本開始爭先恐後地向海邊狂奔，相繼越過田野；皮諾丘跑得飛快，腳下像長了翅膀般一路領先，其他人則拼命緊追在他身後。皮諾丘不時回頭瞧瞧身後的孩子們跑得又熱又累，喘得連舌頭都伸出來了，他樂得哈哈大笑。

這可憐的孩子還不知道，因為自己的不聽話，他接下來要面臨多可怕的災難，會有多悲慘的事情發生在他身上喔！

27

皮諾丘與玩伴大戰，其中一人受傷，皮諾丘被捕了。

皮諾丘跑得飛快，就像一陣風，轉眼就到了海邊。他朝著海面四周仔細瞧了一遍，卻毫無鯊魚的蹤影。大海一片平靜，海面如玻璃般光潔平滑。

「喂，兄弟們，鯊魚在哪裡？」皮諾丘轉身問玩伴。

「他可能去吃早餐了。」其中一人笑著說。

「或者，他可能上床去打個盹兒。」另一人也笑嘻嘻地說。

從他們嘻皮笑臉的回答，皮諾丘立刻就明白了同學們在捉弄他。

「現在是怎麼樣？」皮諾丘生氣的對他們說，「這有什麼好笑的？」

「噢，可笑的是你啊！」這些捉弄他的小男孩齊聲嚷著，開心得哈哈大笑，並圍著小木偶跳起舞來。

「所以這是為了——？」

「因為我們成功騙了你翹課，你和大家一塊兒逃學啦！你老愛當好學生，成天用功讀書，不覺得難為情嗎？你從來都不曉得要放鬆一下，享受人生。」

「我讀書妨礙到你們了嗎？」

「你指的是，老師會怎麼看我們吧？」

「怎麼說？」

「你還不明白嗎？如果我們都不念書，只有你一個人用功，我們就得為此付出代價，所以我們自然該為自己打算。」

「你們想要我怎麼做呢？」

「跟我們一樣，討厭上學，討厭書本，討厭老師。你要知道，他們才是你最可怕的敵人，想盡辦法不讓你過著順心如意的日子。」

「如果我仍要繼續學習，你們打算怎麼對付我？」

「你會付出代價的。」

「老實說，我覺得你們實在太可笑了。」小木偶搖頭晃腦的回答。

「喂，皮諾丘！」其中一個身材最高的孩子大叫，「我們早就受夠你的狂妄自大了，你這傢伙真是踐得不像話！或許你不怕我們，別忘了我們也不怕你！你只有一個人，我們有七個人。」

「就像是七宗罪。」皮諾丘面不改色，仍舊笑嘻嘻的說。

「你們聽見了嗎？他污辱了我們所有人。他叫我們七宗罪。」

「皮諾丘，趕緊道歉，不然你小心點！」

「咕——咕！」小木偶邊說邊將大拇指按在鼻尖上挑釁他們。

「你會後悔的！」

「咕——咕！」

「我們會好好抽你一頓！」

「咕——咕！」

「讓你帶著一個歪鼻子回家！」

「咕——咕！」

「很好！看招！這一拳賞你當晚餐！」一個兇悍的男孩喊著，話一出口，他就狠狠地朝著皮諾丘的頭送出一拳。皮諾丘馬上回敬一拳，一場混戰正式展開；不過幾分鐘，雙方已經臉紅脖子粗，打得不可開交了。儘管是單打獨鬥，皮諾丘仍然英勇的以一擋七。他的兩隻木頭腳又快又準，將敵人成功擋在一定距離之外。只要他落腳之處，就會給其他孩子們一記痛腳，讓他們哀嚎連連，逃之夭夭。眼看無論如何都無法靠近小木偶，和他近身肉搏，男孩們更是氣極了！他們開始拿起課本朝他身上扔，閱讀課本、地理課本、歷史課本、文法課本從四面八方飛來；不過皮諾丘眼明，閃得更快，課本一本接著一本地飛過他的頭上，落到海裡不見了。

水中的魚兒以為有好吃的食物掉進海裡，紛紛游出海面；有些嚙了一小口，有些咬了一大口，但他們只嚼了書頁幾口，便紛紛苦著臉吐出來，彷彿在說：「太難吃了！我們的食物可美味多了！」

戰況愈來愈激烈，打鬧的大聲響引來一隻大螃蟹，他慢吞吞地從海裡爬了出來，用聽起來像得了重感冒的沙啞嗓子喊著：「別再打了，你們這些搗蛋鬼！孩子們打架不會有好下場，你們馬上就要倒大楣了！」

可憐的螃蟹，他還不如對著一陣風說話呢！皮諾丘不只不聽他的忠告，還凶巴巴的對他說：「閉嘴啦，醜螃蟹！你不如去喝幾口感冒糖漿，先把感冒治好，然後趕緊上床睡覺，明天早上你就會覺得好多了！」

其他的孩子丟完了手中所有的課本，開始尋找新武器；然後他們發現皮諾丘的書包就丟在一旁，趕緊把書包搶了過來。其中有一本又大又厚的算數課本，那是皮諾丘最喜歡的一本課本，他很驕傲有這本硬皮精裝的課本。其中一個孩子撿起這本精裝書當成絕佳武器，然後用盡力氣朝皮諾丘的頭丟過去；啊，課本沒砸中小木偶，反而砸到了另一個男孩！他的臉色頓時蒼白得像鬼，微弱地喊了一聲：「喔，媽媽救我，我要死了！」然後男孩就暈了過去，直挺挺的倒在地上。

大家一看鬧出人命了，嚇得驚慌失措，轉身就四散奔逃而去，只剩下皮諾丘留在原地。雖然眼前的慘劇把皮諾丘嚇得魂飛魄散，他還是趕緊跑向海邊，將手帕浸在冰涼的海水中，再跑回來將手帕敷在這位倒楣的同學頭上。他傷心的哭喊著：

「尤金！我可憐的尤金！張開眼睛看看我吧！你為什麼不回答我呢？你知道打

你的人不是我。相信我，不是我做的。張開你的眼睛吧，尤金。要是你一直不張開眼睛，我也會死的。喔，可憐的我啊，這下我怎麼能回家呢？我怎麼回去面對我的小媽媽呢？我會怎麼樣？我能躲去哪兒？喔，要是我剛剛去上學就好了，會比現在好上一千倍。我為什麼要聽他們的話？他們只會帶壞我。想想老師曾對我說的話——還有我媽媽也對我說過——『小心交到壞朋友』。他們明明都告誡過我，我卻太自以為是，總把他們說的話當耳邊風，老是這麼任性，然後我就得付出代價。我從出生以來，沒過上一分鐘安穩的日子。喔，天哪？我會怎麼樣呢？我會怎麼樣啊？」

皮諾丘邊哭嘆邊敲打自己的頭，他一次又一次的叫喚著他朋友，直到他聽見有沉重的腳步聲走近；他抬起頭，發現兩名高大的警察就站在身旁。

「你趴在地上做什麼？」他們問皮諾丘。

「我在幫助我的同學。」

「他暈倒了嗎？」

「看起來是的。」其中一名警察彎下腰仔細檢查尤金。「這個小男孩的額頭受傷了。是誰動的手？」

「不是我。」小木偶結結巴巴地快要無法換氣了。

「如果不是你，那是誰呢？」

「不是我。」皮諾丘又講了一次。

「是什麼打傷他的？」

「是這本書。」小木偶撿起算術課本，拿給警察看。

「這是誰的課本呢？」

「我的。」

「夠了。」

「別說了！趕快起來跟我們走。」

「但我——」

「跟我們走。」

「但我是無辜的。」

「跟我們走。」

一艘漁船剛好經過，警察對船上的幾位漁夫說：「好好照顧這個受傷的小孩子。

帶他回家，幫他包紮好傷口。明天我們再來找他。」

警察一人一邊抓著皮諾丘，語氣兇狠的對他說：「走吧，動作快點，不然你死得更慘！」

不用他們說第二遍，小木偶自動地沿著小路朝村子走去。但這個可憐的孩子已經驚惶失措，不知該如何是好。他想自己肯定是在作惡夢，覺得自己快吐了；他感到眼睛發花，腿在發抖，嘴裡發乾，無論他怎麼嘗試，卻連一個字都吐不出來。然而即便他早已嚇得魂不附體，腦子裡一片糊塗，一想到等一下會經過他那好心的小仙女屋子前，心便如針刺一般難受。要是仙女看見兩名警察抓著他，不知會有什麼樣的反應？

走到村子口時，突然颳來一陣強風把皮諾丘的帽子吹飛到大街。

小木偶問警察：「可不可以讓我去撿我的帽子呢？」

「好，去吧！但動作快點。」

小木偶立刻跑過去撿起他的帽子——但他卻沒把帽子戴回頭上，反而張嘴一口咬住帽子，然後迅速向海邊跑去。他的速度快得像是從槍裡射出來的子彈。警察們眼看追不上他了，便派出一隻大獒犬去抓他，這隻獒犬可是在所有狗賽跑中都跑第一的。

皮諾丘跑得飛快，但狗兒跑得更快。人狗追逐，熱鬧得不得了，引得路上的行人都駐足觀看，屋內的人們也紛紛探頭到窗外，緊張地觀看著誰會從這場競賽中獲勝。但大家都失望了，因為狗兒和皮諾丘所經之處都揚起漫天灰塵，不一會兒，就已經瞧不見他們的身影了。

28 皮諾丘差點被當作一條魚，丟進鍋裡油炸了。

在這場瘋狂的追逐中，有那麼一下子皮諾丘害怕極了，因為一陣狂追競逐後，眼看阿里多羅（這是獒犬的名字）幾乎就要追上自己，差一點點他就要認輸了。皮諾丘可以聽見狗兒沉重的喘息聲，如影隨形地緊緊跟在身後，他甚至可以感覺到追逐者灼熱的呼吸已經吹拂在自己的脖子上。千鈞一髮之際，他已經來到海邊，大海就在眼前幾步之遙；一踏上海灘，皮諾丘縱身一躍就跳進了大海裡。阿里多羅跑得又急又快，煞車不及也跟著衝進了海中，一個海浪就將他衝到離岸邊好遠的大海中。

說來奇怪，但狗兒其實不會游泳。

阿里多羅使勁用爪子用力打著水想浮起來，但他愈用力就沉得愈深；他好不容易才把頭伸出水面，可憐的傢伙雙眼暴凸，瘋狂的吠著：「我要淹死了！要淹死了！」

「淹死吧！」皮諾丘從遠處回答他，慶幸自己逃脫了。

「救命啊，皮諾丘，親愛的小皮諾丘！救我一命吧！」

聽見這麼悲慘的求救聲，心地善良的小木偶忍不住同情他；於是他對可憐的大狗說：「要是我救了你，你發誓不再追我，也不再騷擾我嗎？」

「我發誓！我發誓！但動作快點，你再猶豫一秒，我就死定了！」

皮諾丘還是遲疑著，但他想起爸爸以前常常告訴他，好心肯定有好報，他便游向阿里多羅，抓住他的尾巴，把他拖向岸邊。可憐的狗兒上了岸，還是虛弱得連站都站不起來，他喝了一肚子水，肚子脹得像一個氣球。

皮諾丘還是怕大狗又追過來，趕緊再次跳進海中，邊游邊回頭喊：「再見了，阿里多羅，祝你好運，代我向你家裡問好啊！」

「再見了，小皮諾丘。」狗兒回答：「一千次感謝你救了我，讓我免於一死。你今天幫了我一把，在這個世界上，只要付出就有回報。如果有機會，讓我回報你。」

皮諾丘沿著海岸游著，終於游到他認為安全的地點；他左看右看的觀察著海灘，然後發現了一個山洞，洞口有炊煙飄出來。他自言自語，「那個山洞裡，一定有人在生火。我不妨到那兒把衣服烘乾，順便取取暖，然後——再看看吧。」下定決心後，皮諾丘便往山洞游去。當他正要上岸時，卻察覺下方好像有什麼東西把自己給提了起來，他被愈提愈高，想逃卻太遲了。然後他驚訝的發現自己居然在一個大漁網中，和一堆各式各樣、大大小小的魚兒困在一起；大家都拚命掙扎著想要脫逃。

這時他看見從山洞裡鑽出來一名奇醜無比的漁夫，讓皮諾丘以為自己遇上海怪。他頭上該長頭髮的地方卻長了一層茂密的綠草，全身發綠，連眼睛都是綠色的，他的鬍子好長——從下巴一直長到腳邊——也是綠油油的；整個人看起來像是有手有腳的巨無霸蜥蜴。漁夫把漁網拖出海面，欣喜的嚷著：「感謝上蒼！這麼多魚！我又再次獲得了豐盛的一餐。」

「感謝老天，我可不是魚。」皮諾丘對自己說，想幫自己打打氣，壯壯膽。

漁夫提起漁網，連著漁獲一起帶回了山洞。山洞裡陰森黝暗，煙霧繚繞，裡頭的火堆正吐著黑煙，上頭放著一個平底鍋，盛滿了吱吱作響的熱油，散發出令人作嘔的油味，薰得叫人都快無法呼吸了。

「現在讓我來看看今天抓到了哪些魚。」綠漁夫將大得像一把鏟子的手，伸進漁網撈出了一大把梭魚。他愉快地檢視手上的梭魚，還拿起來嗅聞一下，然後說：「這些可是上好的梭魚啊！」接著他把魚丟進一個空的大桶子裡。他不斷重複同樣的動作；邊從網裡撈魚，邊想著馬上就能享用一頓美味的晚餐，他不禁開始流口水，並不停說著：「鱸魚是多好的魚啊！」、「這些白肉魚可好吃了！」、「這些比目魚多美味啊！」、「這可是上好的螃蟹啊！」、「還有這些可口的小鯷魚，每一條都是完完整整的呢！」

正如你所想，這些鱸魚、白肉魚、比目魚，甚至小鯷魚全都進了大桶子與梭魚作伴；最後從漁網裡被抓出來的是皮諾丘。

漁夫一將皮諾丘撈出來，大吃一驚，綠眼睛睜得大大的，慌張地喊著：「這是什麼魚？我不記得吃過像這樣的東西啊！」他將皮諾丘翻過來又翻過去，仔細瞧了大半天後終於說：「我懂了。這肯定是隻螃蟹。」

聽到自己被當成了螃蟹，皮諾丘又羞又惱，忿忿地說：「胡說八道！最好是螃蟹！我才不是呢！你給我當心點！我跟你說，我是個小木偶。」

「一個小木偶？」漁夫問。「我必須承認，對我來說，小木偶魚是一種全新的魚。這樣更好，這下我食指大動，等下吃你的時候肯定覺得更香更美味。」

「把我吃掉？你沒聽懂我不是魚嗎？我和你一樣，會說話，會思考。」

「是沒錯，」漁夫回答：「但我覺得你還是一條魚。不過既然是條像我一樣能講話跟思考的魚，我會好好對待你。」

「那麼——」

「那麼，為了表示對你的尊重，讓你選吧，想讓我如何燒你這條魚？你想我把你放進平底鍋煎？還是比較喜歡跟番茄醬一起燉煮？」

「老實說，」皮諾丘回答，「如果可以讓我選擇，我要自由，離開這裡然後回家。」

「你在唬弄我嗎？能品嚐如此難得一見的魚，你覺得我會放棄這個大好機會？這附近的海域可不常見小木偶魚啊！還是我自己來決定好了，就把你跟其他魚一起放進平底鍋用油煎。我曉得你會喜歡的，好夥伴的陪伴永遠叫人安慰。」

悲慘的小木偶一聽見這些話就開始嚎啕大哭，苦苦哀求漁夫饒他一命，他淚眼汪汪地說：「如果一開始我就去上學，那該有多好啊！是我自己要聽壞同學的鬼主意，結果現在付出代價了！嗚！嗚！嗚！」

皮諾丘不斷扭來扭去得像條鰻魚般做垂死的掙扎。綠漁夫用一條粗繩子將他的手腳全綑了起來，然後丟到桶子裡與其他魚一起等待著下鍋。接著漁夫從櫃子裡拿出盛滿麵粉的木碗，將魚一條一條、從頭到尾都裹上白白的麵衣，再把魚陸續丟進平底鍋中；最先被丟入熱油鍋煎得吱吱作響的是梭子魚，再來是鱸魚、白肉魚、比目魚跟鯷魚，最後終於輪到皮諾丘了。

皮諾丘眼見死之將至（而且這種死法也太恐怖了），害怕得全身簌簌發抖，他已經發不出半點聲音哀求漁夫饒自己一命。可憐的孩子只能用眼睛無聲地苦苦哀求。但綠漁夫甚至沒注意到手中提著的其實是個小人兒，只將他在碗裡裹了一層又一層的麵粉，直到他看起來像一個粉筆做的小木偶。

然後漁夫抓著小木偶的頭將他提了起來……

29

皮諾丘回到仙女家。

她答應，再過一天，他將不再是個小木偶，而會變成一個真正的小男孩。

為了替皮諾丘慶祝，還要舉辦盛大的咖啡牛奶派對。

想起漁夫剛剛說的話，皮諾丘曉得沒有獲救的希望了，他閉上雙眼，認命等待最後時刻的到來。突然間，一隻大狗跑進了山洞，他是被油炸的香氣吸引進來的。

「出去！」漁夫兇巴巴的對大狗吼著，一手仍提著全身裹滿麵粉的小木偶。

但可憐的狗兒實在餓極了，他哀哀叫著，猛搖尾巴，好像在說：「給我一點魚吃，我就乖乖離開。」

「我叫你出去！」漁夫又吼了一次，然後他提起腳來，打算給狗兒一記好踢。

大狗餓壞了，無論如何不肯放棄，一怒之下對漁夫咧開嘴巴，露出了可怕的獠牙；就在這個時候，傳來一個可憐又細弱聲音：「救命啊，阿里多羅！如果你不救我，我就要被油炸了！」

大狗立刻聽出來是皮諾丘的聲音，然後發現聲音是來自於漁夫手中那個裹滿麵粉的東西，驚訝極了。

接下來大狗做了什麼？

大狗用力一跳，用嘴將漁夫手中那捆麵粉糰咬奪過來，輕輕啣在口中，然後飛也似的跑出門外，轉眼就消失得無影無蹤。眼看到嘴的晚餐就這麼在眼皮子下被搶走了，漁夫氣壞了，緊追大狗而去，忽然一陣劇咳迫使他停下了腳步，最後只好轉身回山洞裡。

阿里多羅一路狂奔，直到遠離山洞來到通往村子的大馬路才停下腳步，他將皮諾丘輕輕放到地上。

「我是多麼感謝你啊！」小木偶說。

「不用客氣。」狗兒回答，「你曾經救了我一命，只要付出就永遠有回報。在這個世界上，我們本來就應該互相幫助。」

「但你怎麼會跑到山洞裡？」

「我本來半死不活得躺在沙灘上，突然飄來一陣炸魚的香氣，我餓極了，就循著香氣找過去。喔，要是我晚到一分鐘……」

「別說了！」皮諾丘哀嚎著，仍舊害怕得渾身發抖。「一個字都別說了。如果你晚到一分鐘，我就被油炸吃掉了，現在已經消化掉了！嗚、哇！我光想到就發抖！」

阿里多羅笑著向小木偶伸出爪子，小木偶熱情的回握住大狗爪子，覺得自己跟大狗現在是好朋友了。他們互道再見，然後大狗就離開回家了。

皮諾丘走向附近的一間小茅屋，問坐在門口曬太陽的老人說：「大好人，請你告訴我，有一個叫尤金的可憐小男孩，頭上受了傷，你知道任何關於他的消息嗎？」

「那個小男孩被帶到這間小屋，現在——」

「他死了？」皮諾丘憂傷地打斷了對方。

「沒有，他活得好好的，已經回家了。」

「真的嗎？真的嗎？」小木偶歡喜得又吼又跳。「所以他傷得不重囉？」

「本來很嚴重，可能會喪命的，因為一本又重又沉的書砸在他頭上。」

「誰丟的？」

「他的同學，叫皮諾丘。」

「這個皮諾丘又是誰呢？」小木偶佯裝不知情，追問著老人。

「他們說他是個愛惡作劇的搗蛋鬼，四處遊蕩不愛回家，一個野孩子——」

「胡說！誹謗！一派胡言！」

「你認識這位皮諾丘嗎？」

「我見過他。」小木偶回答。

「你覺得他為人如何呢？」老人問。

「我覺得他是一個非常好的小孩，愛學習，聽話，孝順爸爸，對全家人都很——」皮諾丘滔滔不絕說著這些關於自己的大謊言，然後不經意摸了摸鼻子，發現比原來變長了兩倍之多，一時間嚇得不知所措，胡亂嚷著：「別聽我瞎說了，大好人。我剛剛講的全都不是真的，我跟皮諾丘很熟，他的確是一個調皮搗蛋的傢伙，又懶又不聽話，不但沒去上學，還跟同學一起翹課跑去逍遙。」講完這段話，他的鼻子又變回正常了。

「你為什麼整個人發白呢？」老人冷不防問他。

「我剛剛不小心蹭在油漆未乾的牆壁上。」皮諾丘又撒了謊，因為他實在不好意思說自己剛才被人綑綁住，還差點被丟進油鍋炸。

「你的外套、帽子跟褲子呢？」

「我被強盜搶劫了！大好人，你有沒有小衣服可以給我穿著回家呢？」

「孩子啊，我只有一個拿來裝啤酒花的袋子可以充當衣服，你想要就拿去吧，喏，就在這兒。」

皮諾丘馬上拿起空袋子，在頂端剪了一個大洞，又在袋子兩側各剪了一個洞，然後把袋子像襯衫一樣的套在身上；裹著這件薄薄的新衣，他開始往村子的方向走去。他邊走邊發愁，事實上，他苦惱得每向前走兩步，便倒退一步。

「我該如何面對我的好仙女啊？她見到我的時候會說什麼呢？她還會原諒我這次犯的錯嗎？我肯定她不會。喔，不，她不會的。跟過去一樣，這完完全全是我活該。

我就是個壞孩子，滿嘴答應，但永遠做不到。」

到了半夜三更，他終於回到了村子裡。夜如此的深，黑得伸手不見五指，還下著傾盆大雨。皮諾丘回到仙女家的門口，鼓足勇氣上前想敲門時，頓時又失去了勇氣，連著倒退好幾步；他再次上前走到門口，又倒退好幾步；第三次上前，後退；到了第四次，在喪失勇氣之前，他終於握住了門環，輕輕地敲了一下。然後，他等了又等，等了又等，過了半小時之後，頂樓的窗戶（這棟樓房有四層樓高）終於打開了。皮諾丘看見一隻大蝸牛探出頭來，她的頭頂發出小小的光。

「這麼晚了是誰在敲門啊？」蝸牛問。

「仙女在家嗎？」小木偶問。

「仙女睡覺了，不希望被打擾呢。你是誰？」

「是我。」

「誰是我？」

「皮諾丘。」

「誰是皮諾丘？」

「住在仙女家的那個小木偶。」

「喔，我明白了。」蝸牛說，「你在那兒等著，我下來幫你開門。」

「求求妳快點兒，我快凍死了。」

「孩子啊，我是一隻蝸牛，蝸牛永遠沒辦法快點的。」☆7

一小時過去，兩小時也過去了，大門依舊緊閉。雨水不停打在皮諾丘的背上，他又凍又怕的直打著哆嗦，只好伸手再敲一次門，不過比之前要大聲多了。

這次是三樓的窗戶打開了，同一隻蝸牛探出頭來。

「親愛的小蝸牛啊，」皮諾丘從街上喊著：「我已經等了妳兩小時！在這樣淒風苦雨的晚上等兩小時，簡直就像兩年那麼長，快點了，拜託妳。」

「孩子啊，」蝸牛以同樣沉著平靜的聲音回答：「我親愛的孩子啊，我是一隻蝸牛，蝸牛永遠沒辦法快點的。」然後窗戶又關上了。

午夜的鐘聲響起，接著是凌晨一點、兩點，然而大門依舊緊閉。至此，皮諾丘已經完全失去耐心了，他雙手抓起門環，打定主意要吵醒整棟樓，甚至整條街的人；但他才抓起門環，門環就變成一條鰻魚，扭來扭去的從他手中滑溜走了，消失在一片漆黑之中。

「這門在跟我開玩笑吧！」皮諾丘氣呼呼地嚷著，盛怒之下他已經失去理智。「如果門環不見了，我還是可以用腳敲門！」於是他往後退一大步，然後跑上前用腳使勁往大門一踢，結果他太大力，一腳踢穿了門，腿連著膝蓋一同穿過門板；無論他怎麼拉扯掙扎，就是無法把腳從門裡拉出來。他只得乖乖待在原地，整個人好像被釘在門上。

可憐的皮諾丘掙脫不了困住他的門板，漫長的下半夜，他就維持著一腳卡在門上，另一腳晾在空中的姿勢。天將要破曉時，大門終於開了，勇敢的蝸牛花了整整九小時，才從四樓爬到了一樓的大門，她肯定是拼了命在趕路呢。

「你為什麼一隻腳卡在門上？」蝸牛笑著問小木偶。

「我運氣不好。美麗的蝸牛，求求妳幫幫忙，快將我從這可怕的酷刑中解救出來吧。」

「孩子啊，這得要木匠才做得到，我可從來沒當過木匠。」

「那請仙女幫幫我。」

☆7：*I am a snail and snails are never in a hurry.*

「仙女還在睡覺，不希望被打擾呢。」

「那我這樣釘在門上，妳說我該怎麼辦？」

「你可以數一數路過的螞蟻，打發、打發時間囉。」

「妳至少拿點東西給我吃吧！我快餓昏了。」

「馬上就來。」

實際上，又過了三個半小時後，皮諾丘才等到蝸牛回來。她手上拿著一個銀托盤，上面放著麵包、烤雞和水果。

「這是仙女給你的早餐。」蝸牛說。

看到這些美味的食物，小木偶心情頓時好多了。但他一把食物放進嘴裡，便噁心地發現麵包是粉筆做的，烤雞居然是紙板，色澤鮮豔的水果則是上色的石膏。他想放聲大哭，絕望的想大吼大叫，也想把托盤跟食物一股腦兒全扔到地上，結果可能是因為他太痛苦了，也可能是因為太虛弱，竟忽然暈了過去，直挺挺倒在地上。再醒來時，他發現自己已經被放在沙發上，仙女就坐他旁邊。

「這次我就原諒你，」仙女對他說，「但千萬別再犯錯了。」

皮諾丘答應仙女會用功讀書，好好做人。接下來的日子裡，他真的都做到了自己的承諾。

一年將近時，皮諾丘通過了所有的考試，成績優異，每門科目都拿到了第一。

仙女高興地對他說：「明天你的願望就會實現了。」

「那是什麼呢？」

「到了明天，你就不再是一個小木偶，你會變成一個真正的小男孩。」

皮諾丘大喜過望，開心得不知如何是好，他想邀請所有的朋友跟玩伴一起來慶祝；仙女答應會幫他準備兩百杯咖啡牛奶，還有四百片兩面都塗滿奶油的麵包。

這應該是非常開心快樂的一天，但是——

很不幸的，小木偶的人生裡總會出現一個搞砸一切的「但是」。☆8

☆8：*Unluckily, in a Marionette's life there's always a BUT which is apt to spoil everything.*

30

皮諾丘不但沒變成一個真正的小男孩，
反而和好朋友小燈芯一起逃家，跑去了玩具國。

聽見仙女的允諾，皮諾丘又驚又喜。等他終於冷靜下來，便開口問仙女，可不可以邀請朋友來跟他一起慶祝。

「當然。你可以邀請朋友來參加派對，但天黑之前要回到家，記住了嗎？」

「沒問題，我肯定一小時內就回來了。」小木偶回答。

「當心點，皮諾丘！小男孩們老愛隨口答應，但也很容易就忘記自己說過的話。」

「可是我跟其他人不一樣，我答應了就會做到。」

「我們等著瞧。要是你不聽話，遭殃的不是別人，而是你自己。」

「為什麼？」

「因為不乖乖聽大人的話的小男孩，總是要倒大楣。」

「我已經受過教訓了。」皮諾丘說。「不過從現在開始，我會乖乖聽話的。」

「讓我們看看你是否在說實話。」

小木偶跟好心的仙女道再見，又唱又跳地離開了家裡。沒多久，他就邀請好了所有的朋友；有些人歡天喜地立刻答應了，其他人則需要好聲好氣的哄上半天才肯出席，但一聽見派對會供應兩面都塗滿奶油的吐司，每個人都說：「為了讓你開心，我們會去的。」大家都接受了小木偶的邀請。

讀者們，你們知道，在所有的朋友中，其中有一個是皮諾丘最喜歡的人；這個小男生的本名是羅密歐，不過大家都叫他小燈芯，因為他手長腳長，身材又很瘦，天生一副愁眉苦臉的樣子。小燈芯是學校裡最懶惰、最愛搗蛋的小男孩，但是皮諾丘非常喜愛他。

這一天，皮諾丘跑去小燈芯家，想要邀請他參加派對，結果他不在家；所以皮諾丘又去了第二次、第三次，卻始終沒找到他。小燈芯在哪兒呢？皮諾丘東奔西跑到處找著他，最後終於在一輛農夫的貨車旁，找到了躲在那裡的小燈芯。

「你在這裡做什麼？」皮諾丘開口問他。

「等午夜一到我就要去——」

「哪裡？」

「很遠、很遠的地方。」

「我今天到你家找你三次了！」

「你找我做什麼？」

「你沒聽說嗎？難道你不曉得天大的好運發生在我身上了？」

「什麼好運？」

「我當小木偶的日子，明天就要結束了。我會變得跟你、還有其他朋友一樣，成為一個真正的小男孩。」

「希望這能為你帶來好運啦！」

「所以明天我會在派對裡見到你嗎？」

「我就是要跟你說，我今天晚上就要走了。」

「什麼時候？」

「午夜啊！」

「你要去哪裡？」

「去一個真正的國家——全世界最好的國家——一個超棒的地方。」

「這國家叫什麼名字？」

「玩具國。皮諾丘，你為什麼不跟我一起去呢？」

「我？喔，不了。」

「相信我，皮諾丘，你要是不去玩具國，肯定會後悔莫及。你要去哪裡找比那裡更適合你和我的地方呢？那裡沒有學校，沒有老師，也沒有書本，在那個幸福國度裡沒有念書這件事。這裡卻只有星期六不用上學。在玩具國裡，除了星期天，天天都是星期六。假期從一月的第一天開始，到十二月的最後一天才結束。那才是最適合我的地方啊！所有的國家都應該像玩具國那樣，我們的日子會有多開心啊！」

「但是在玩具國，每天的日子怎麼過呢？」

「白天從早到晚盡情的玩耍享樂，晚上睡覺；到了隔天早上，再次享受歡樂時光。這樣的生活聽起來如何？」

「嗯——」皮諾丘用力點了點他的木頭腦袋，彷彿在說：「這樣的日子再適合我不過了。」

「那你想跟我一起去囉？好還是不好？你得做出決定。」

「不，不，還是不行。我答應了我那好心的仙女要當一個乖小孩，我說到就要做到。太陽快下山了，我得趕緊回家。再見了，祝你好運。」

「你急著趕去哪裡？」

「回家啊，我的好仙女希望我在天黑之前回到家。」

「再等個兩分鐘吧！」

「那就太晚了！」

「只要兩分鐘。」

「要是仙女責罵我呢？」

「就讓她罵吧！等她罵累了，自然就會停下來。」小燈芯說。

「你是自己一人去，還是跟別人一起？」

「一個人？我們有超過一百個人哪！」

「你們走路去嗎？」

「等到午夜的時候，會有車子來載我們，然後直奔這個超棒的國家。」

「我多麼希望現在就是午夜了！」

「為什麼？」

「這樣我就能看著你們出發了。」

「再待一會兒你就可以看到我們出發啦。」

「不行，我要回家了。」

「再多待個兩分鐘吧。」

「我已經待太久了。仙女會著急的。」

「可憐的仙女，難道她擔心蝙蝠會把你吃掉嗎？」

「小燈芯，」小木偶說，「你真的確定玩具國裡沒有學校？」

「連學校的影子都沒有。」

「一位老師都沒有？」

「半位都沒有。」

「而且小孩子在那裡不用讀書？」

「永遠，永遠，永遠都不用。」

「這個國家實在太棒了！」皮諾丘說，口水都快掉下來了。「多麼美好的地方啊！我從來沒去過，但我完全能想像得到那裡有多麼棒。」

「那你為什麼不一起來呢？」

「你這樣誘惑我是沒有用的。我已經告訴你，我答應我的好仙女會好好做人，而且我會說到做到。」

「那麼再見了，如果你去念了文法學校、高中、甚至大學時，也要想起我喔。」

「再見了，小燈芯。祝你旅途愉快，玩得開心，希望你有時也想想你的朋友。」

兩人道別完，小木偶站起身準備回家，但他再次轉向他的朋友問道：「你真的確定，在那個國家，每個星期都是由六個星期六跟一個星期天組成的嗎？」

「非常確定。」

「然後假期是從一月的第一天開始到十二月三十一日結束？」

「非常、非常確定。」

「這個國家實在太棒了！」皮諾丘再說了一次，猶豫得不得了，不知該怎麼辦才好。然後，他下定決心，匆匆開口說：「最後一次跟你道再見，並祝你好運。」

「再見。」

「你還有多久出發？」

「兩小時以內吧。」

「太可惜了！如果只要再一小時，我或者會陪你一起等。」

「那仙女怎麼辦？」

「我現在已經遲了，再晚一小時也沒什麼差別。」

「可憐的皮諾丘，要是仙女責罵你怎麼辦？」

「喔，那就由她罵吧！等她罵累了，自然就會停下來。」

天色愈來愈黑，夜愈來愈深了。忽然遠方有道小小的光閃了一下，並傳來極輕微如小鈴鐺般的奇異聲響，又微弱得像一隻蚊子自遠處嗡嗡叫著。

「來了！」小燈芯喊著，一躍而起。

「什麼？」皮諾丘悄聲詢問。

「來接我的車。最後一次問你，你究竟要不要一起來？」

「但你真的確定，在玩具國裡小男孩永遠都不需要讀書學習？」

「永遠，永遠，永遠都不用！」

「這是一個多奇妙、多美麗、多了不起的國家啊！喔！」

31

玩了整整五個月後，有一天清晨，皮諾丘醒來大吃一驚。

車子終於停在他們面前了。這輛車行駛時完全沒有發出任何聲響，因為每個輪子都綁上了麥稈和碎布。車子由十二對體型一樣但花色不同的驢子共同拉著，有些是灰毛，有些是白毛，有些黑褐交雜，還有幾頭驢子身上長著黃色跟藍色的粗條紋。

這二十四頭驢子最奇怪的地方，是他們不但不像其他負重的動物在蹄子包上蹄鐵，反而像小男孩一樣都穿著繫鞋帶的小皮鞋。

那麼駕車的車夫又長得什麼模樣呢？

各位讀者請自行想像，一個小小胖胖的男人，他的身材橫的比直的長，圓圓白白得像一團奶油。臉色如蘋果般紅潤。小小的嘴上永遠掛著微笑，開口時聲音細小諂媚，像貓兒在乞求食物的喵喵聲。任何小男孩只要一見到他，就會喜歡上他，沒有任何事比坐上他的車子前往那個叫做玩具國的美好國度，更讓小男孩們更心滿意足了。

事實上，車子停在他們面前時，車上早已塞滿了大大小小不同年紀的男孩們，擠得簡直像一個沙丁魚罐頭；車裡的人一個疊著一個，擁擠得都快不能呼吸了，雖然很不舒服卻沒有人發出一丁點兒抱怨。只要想到再過幾個小時，就到了一個沒有學校、沒有書本，也沒有老師的國家，這些小男孩們個個興高采烈，開心地根本忘了飢餓口渴，也不覺得困頓或難受了。

車子一停下來，小胖子車夫就轉頭對小燈芯行禮微笑。他用非常阿諛巴結的聲音說：「告訴我，我的好孩子，你也想來我的美好國家嗎？」

「我當然想。」

「可是親愛的小朋友，車子裡已經坐滿了，沒有多餘的空間容納你了。」

「沒關係，」小燈芯回答，「如果車裡沒位子了，那我坐在車頂吧！」他用力一跳就輕輕鬆鬆躍上車頂，安安穩穩的坐好了。

「那你呢？親愛的，」小胖子車夫接著禮貌的詢問皮諾丘：「你有什麼打算？是要跟我們一起來，還是要留在這兒？」

「我留在這裡就好。」皮諾丘回答，「我要回家了，我比較想要用功讀書，成為人生勝利組。」

「希望那樣能帶給你好運。」

「皮諾丘！」小燈芯喊他，「聽我說，跟我們走吧，我們就能永遠快快活活的過日子。」

「不！不！不！」

「跟我們走吧，我們就能永遠快快活活的過日子。」車內也揚起四個人的聲音呼喚他。

「跟我們走吧，我們就能永遠快快活活的過日子。」車上一百多個小男孩接著齊聲喊著。

「如果我跟你們走了，我的好仙女會怎麼說呢？」小木偶問，但他的決心開始動搖了。

「別瞎操心了。只要想著我們要去的地方就好了，那可是一個好地方啊！在那裡我們可以從早到晚盡情的玩耍和吵鬧。」

皮諾丘沒有回答，但深深地嘆了一口氣，又嘆了一口氣，再嘆了一口氣，終於他說：「騰點空間給我吧，我也要去！」

「位子全都坐滿了。」小胖子車夫回答，「但為了表示你對我的重要，你可以坐我的位子，代替我當車夫。」

「那你呢？」

「我可以用走的。」

「不，當然不可以，我絕不能這樣麻煩你，我可以騎驢子跟著車子走。」皮諾丘邊說邊走近其中一頭驢子，想騎上去；可是小驢子突然轉身狠狠地朝著他的肚子踢了一記；一腳就把皮諾丘踹到地上，讓他跌得四腳朝天。

這麼滑稽的畫面，惹得這群逃家的小男孩們哄堂大笑。小胖子車夫並沒有跟著一起大笑，他走到那頭不聽話的驢子旁，笑容可掬，親切的彎下腰，湊到驢子的耳朵旁，然後一口把他的右耳咬掉一半。

這時皮諾丘已經站了起來，他一跳就騎到了驢子背上。這一跳如此完美，孩子們齊聲歡呼：「皮諾丘萬歲！」並熱烈的為他鼓掌。

小驢子卻突然發難，兩隻後腿往後用力一踢；這突如其來的舉動，讓可憐的小木偶再次在路中央跌了個狗吃屎。孩子們又捧腹大笑。小胖子不僅不笑，反而更親愛的走向小驢子，再次湊上前親了一口並咬掉他一半的左耳。

「孩子啊，你現在可以安心騎他了。」車夫對皮諾丘說，「別害怕，驢子剛剛心情不好，但我好好地安撫他了，你看他現在安靜又懂事了。」

皮諾丘騎在驢子背上，車子開始行駛。驢子們在石板路上疾馳，忽然間小木偶彷彿聽見有人在他耳邊悄聲說：

「可憐的傻瓜！你現在任性妄為，過不了多久，你就後悔莫及了！」

皮諾丘大驚失色，環顧左右，想找出聲音的來源，卻沒看到半個人影。驢子繼續奔馳，車子平穩的前進，孩子們都睡熟了（小燈芯像一隻土撥鼠般打著呼嚕），而小胖子車夫睡眼惺忪，嘴裡輕輕哼著歌。

又走了一哩路，皮諾丘再次聽見同樣的微弱聲音說：

「要記著，小傻瓜！如果小男孩們放棄學習，拋下課本、學校跟老師，把所有時間浪費在玩樂上，早晚要倒大楣。喔，我有多麼深刻的體悟啊，我可以證明真的是這樣。到了那一天，你會痛哭流涕，像我現在一樣——但到那時就太遲了！」

聽到這些話語，小木偶驚慌的跳到地上，跑到他騎著的驢子前面，用雙手托住驢子的鼻子，直直盯看著他，然後發現這頭驢子在流淚，像一個小孩子般的哭哭啼啼。

想想皮諾丘有多麼驚訝啊！

「嘿，車夫先生！」皮諾丘嚷著：「發生一件奇怪的事了，這頭驢子在哭呢。」

「隨他哭吧。等他結婚了，有的是時間讓他笑哪。」

「你有教他說話嗎？」

「沒有。不過他在狗狗樂隊裡待了三年，學會講幾句話罷了。」

「可憐的傢伙！」

「上來吧！」小胖子車夫說，「別浪費時間在一頭流淚的驢子，趕緊騎上來，我們還要趕路。夜涼如水，路途還很漫長呢。」

皮諾丘乖乖遵從車夫的指示。車子又再度出發了。第二天破曉之際，他們終於抵達了大家心心念念的玩具國。

跟世界上所有其他地方都不一樣，這個廣大的國家雖然人口眾多，卻全都是小男孩；最大的十四歲，最小的八歲。街上鬧哄哄的亂成一團，四面八方不停傳來震耳欲聾的吼叫聲、喇叭聲；放眼望去，到處都是一群一群的小男孩，有些人在打彈珠，有些在跳房子，有些在打球或騎單車、騎木馬，或玩捉迷藏、一二三木頭人；另一邊有人在耍馬戲、有人則在唱歌演戲；有幾個孩子在翻觔斗，另外幾個則兩腳朝天倒立著走路；還有穿著整套制服的小將軍，率領整團穿著紙板的小士兵帥氣的遊行，圍觀的人大方地給予歡笑聲、尖叫聲、呼號聲、口哨聲及鼓掌聲；那邊一個孩子學母雞叫，另一個學公雞叫，還有一人學被關在籠子的獅子發出怒吼；總之到處都是喧嘩鬧騰，吵鬧得叫人恨不得在耳朵裡塞上棉花，不然就要震聾啦！廣場到處搭著小戲棚子，從早到晚都擠滿了小男孩。房子的牆壁上用炭筆寫滿了這樣的字句：「玩具國萬歲！」、「打倒算術！」、「學校再見！」

一踏上玩具國的土地，皮諾丘、小燈芯和其他同車來的孩子們便出發四處探險。

他們到處遊蕩，走遍了每一個角落、每一間房子、每一座戲院；他們跟所有人都變成了好朋友。

誰能夠比他們更快樂呢？

伴隨著永無止盡的娛樂跟派對，時間就這麼一小時過一小時，一天又一天，一週復一週，日子像閃電般地就過去了。

「喔，多麼快樂的生活啊！」每次碰巧遇上小燈芯，皮諾丘都會這麼對他說。

「我是不是對的？」小燈芯回答他，「記得你原本還不想來，就好像是昨天才發生的事啊，你要回家找你的仙女，重新開始上學；你今天能擺脫鉛筆、書本跟學校，是不是全都是我的勸告，我的功勞。你欠我一次，對吧！到頭來只有真正的朋友才能信賴。」

「沒錯，小燈芯，一點兒沒錯。完全是因為你，我今天才能過得這麼快活開心。想想過去，老師一提到你時就老愛說：『不要跟小燈芯鬼混，他是個壞朋友，有一天他會帶你走上偏路。』」

「可憐的老師！」小燈芯點點頭。「我知道他不喜歡我，而且喜歡講我壞話，但我天性善良，非常寬宏大量的原諒他了。」

「你有一個偉大的靈魂。」皮諾丘說，然後親熱地擁抱了他的朋友。

五個月就這麼過去了，孩子們每天從早到晚只顧著遊玩享樂，不曾看過一本書、一張書桌，甚至一間學校。但是孩子們啊，終於有一天早上，皮諾丘醒來時發現了一個天大的驚奇正等著他，等著讓他倒大楣啊，你們接著看吧！

32

皮諾丘長出一對驢耳朵，
過一會兒之後，他變成了會嘶——嘶——叫的驢子。

每個人的一生中，總會經歷一些讓人晴天霹靂的時刻；如同發生在皮諾丘的人生中那個多事的早晨，讓他晴天霹靂又措手不及的大驚奇。

這個驚奇是什麼呢？親愛的讀者們，我現在就告訴你們；剛睡醒的皮諾丘不經意把手放到自己頭上，發現了——

猜猜看！

他發現了，他的耳朵在夜裡至少變長了整整十吋。

你們得知道，小木偶自出生就長著一雙很小、很小，小到肉眼幾乎看不見的耳朵。當他發現原本纖細小巧的耳朵一夕之間居然長成了兩隻鞋刷，想想他是什麼感受。

他想看看自己的模樣卻怎麼都找不著鏡子，只好在盆子裡裝滿水來檢查自己的倒影；他低頭一看，看見了他此生從未想過的畫面，他雄赳赳氣昂昂的頭上現在裝飾了一副漂亮的驢耳朵！

我留給諸位自行想像，可憐的小木偶有多麼自慚形穢，多麼痛苦絕望啊！

皮諾丘放聲大哭，呼天喊地的將頭撞向牆面，可是他哭嚷得愈厲害，驢耳朵就變得愈長和毛茸茸了。他鬼哭狼嚎的模樣終於引來了一隻土撥鼠。

住在樓上的一隻胖嘟嘟的小土撥鼠，看見皮諾丘如此傷心難過，她緊張的問著：「怎麼啦，親愛的小鄰居？」

「我生病了，我的小土撥鼠。我病得非常、非常嚴重，而且我覺得這種病好駭人啊！你懂得看病把脈嗎？」

「一點點。」

「幫我把把脈，告訴我，我是不是生病了？」

土撥鼠把自己的爪子放在皮諾丘的手腕上，過了幾分鐘，她憂傷的抬頭對他說：

「我的朋友，很抱歉，但我必須告訴你一個非常令人難過的消息。」

「什麼？」

「你得了一種很嚴重的熱病。」

「是什麼熱病？」

「驢子熱。」

「我對這種病毫無概念。」小木偶回答，心裡其實已經有點明白自己是怎麼了。

「那麼讓我告訴你吧！」土撥鼠說，「再過兩、三個小時，你就不再是小木偶了，也不是個小孩子。」

「那我會變成什麼？」

「你會變成一隻真正的驢子，就是路上拉著水果貨車到市場的那種驢子。」

「喔，我做了什麼？我做了什麼啊？」皮諾丘哀叫著，用力抓住頭上的兩隻長耳朵，憤怒的又拉又扯，但卻一點都不感覺到痛，彷彿這對耳朵是長在別人身上。

「我的孩子啊，」土撥鼠試圖幫他打氣，「事已至此，就別煩惱了。你要知道，這是所有懶惰的小男孩註定的命運，厭惡書本、學校跟老師，每天把時間浪費在玩具跟遊戲的孩子，早晚都會變成驢子。」

「真的是這樣嗎？」小木偶恨恨的哭泣著。

「很遺憾，我得說就是如此。而且眼淚是沒有意義的，你早就應該想到了。」

「但又不是我的錯，相信我，小土撥鼠，這全是小燈芯的錯。」

「小燈芯是誰？」

「是我的同學。我想要回家，我想要聽話，我想要用功讀書，在學校取得好成績，但是小燈芯對我說：『你為什麼要浪費時間念書？你為什麼要上學？跟我一起去玩具國吧！在那裡我們再也不用讀書了，在那裡我們可以盡情享受，從早到晚快快活活的玩樂。』」

「但是你為什麼要聽壞朋友的話呢？」

「為什麼？我親愛的小土撥鼠，因為我是一個不顧後果、沒長腦袋的小木偶啊——不僅沒長腦袋還沒心沒肺。喔，如果我有點良心，就不會拋下好心的仙女，她那麼愛我，對我那麼好。而且我應該早就不是小木偶了，我已經變成一個真正的小男孩，和其他的朋友一樣。喔，我遇見小燈芯一定要狠狠罵他一頓，還要叫他好看！」皮諾丘嘰哩咕嚕說完這一大串話就走向門口，但當他伸手要開門時，卻想起了頭上的驢耳朵；他想著如果在公共場所展現這對耳朵，實在很難為情，便折返回屋裡，從架子上拿了一個大棉袋戴在頭上，然後往下拉遮到了鼻子上端，遮掩好驢耳朵之後才走出門。

皮諾丘四處尋找小燈芯，大街上、廣場中、戲院裡，各處都找遍了，就是沒找著小燈芯。他在路上遇到人就問，可是沒有人看到他。無奈之下小木偶只好轉身回家，到了家門口他伸手敲敲門。

「誰啊？」小燈芯在裡頭問道。

「是我。」小木偶回答。

「等一下。」

等了整整半小時，大門才終於打開了。

又一個驚喜等著皮諾丘！

他的朋友站在房間裡，頭上戴著一個大棉袋，拉遮到鼻子上方。

看見小燈芯頭上也罩著棉袋，皮諾丘的心情稍微好了一點，心裡想著：「他肯定跟我一樣生了病，不知道他是不是也得了驢子熱？」但他裝著什麼都沒看見，微笑地開口詢問：「我親愛的小燈芯，你好嗎？」

「非常好，快活得像住在乳酪裡的老鼠一樣。」

「真是如此？」

「我為什麼要對你撒謊呢？」

「請你原諒，我的朋友，但你頭上為什麼戴著遮住耳朵的棉袋呢？」

「因為我的膝蓋痛，大夫就囑咐我這麼做。那麼親愛的小木偶，為什麼你頭上也戴著蓋住大半張臉的棉袋呢？」

「醫生規定的，因為我的腳受傷了。」

「喔，我可憐的皮諾丘！」

「喔，我可憐的小燈芯！」

伴隨這段對話而來的是令人尷尬的長久沉默，兩個好朋友只是用奚落的眼光看著對方。最後小木偶開口了，他的聲音甜得像蜜，輕柔得像長笛，對他的同伴說：「告訴我，小燈芯，親愛的朋友，你的耳朵有痛過嗎？」

「從來沒有。你呢？」

「從來沒有。不過，今天早上開始，我的耳朵一直讓我很難受。」

「我的也是。」

「你的也是？哪一只耳朵呢？」

「兩只都是。你呢？」

「也是兩只。我在想我們得的是不是同一種病？」

「恐怕是的。」

「你願意幫我一個忙嗎，小燈芯？」

「樂意之至。」

「你願意讓我瞧瞧你的耳朵嗎？」

「為什麼不呢？但在讓你看我的耳朵之前，我要先看看你的，親愛的皮諾丘。」

「不，你得先讓我看你的。」

「不，親愛的，你先請；再來才是我。」

「那好吧。」小木偶說，「我們不妨做個約定。」

「說來聽聽。」

「我們同時一起把帽子拿下來，好嗎？」

「好的。」

「準備了喔！」

皮諾丘開始計數：「一、二、三。」

數到「三」的時候，兩個小男孩同時脫掉帽子，並高高地拋向空中。眼前的景象雖然叫人難以置信，但卻是再真實不過。小木偶和他的朋友小燈芯，在看見對方跟自己遭受一樣的不幸後，不但不感到難過跟羞愧，反而開始取笑對方，兩人先瞎說閒扯了老半天，然後同時放聲大笑。他們笑得前俯後仰，笑到肚子痛，眼淚都流了出來。

小燈芯忽然停止了笑，跌跌撞撞地走了幾步後便倒在地上，臉色蒼白得像鬼，他轉頭對皮諾丘說：「幫我，幫幫我啊，皮諾丘！」

「怎麼了？」

「喔，幫幫我！我站不起來了。」

「我也站不了了！」皮諾丘驚惶的喊著。他無助的踉蹌了幾步，再也笑不出來，而是流著眼淚了。

他們嘴裡還嚷著對方的名字，卻雙雙跌在地上，四肢著地繞著房間跑啊、跳著；跑著，跑著，他們的手臂變成了腿，臉愈拉愈長，直到拉成了長長的驢子臉；背上也長滿了灰色的長毛。彷彿這樣還不夠屈辱，最糟糕的一刻，是這兩個倒楣的傢伙察覺自己長出了尾巴；他們覺得又丟臉又傷心，呼天搶地哀嚎著自己的命運。但事已至此，他們既哭不出聲，也無法大喊，反而發出了長長的叫聲，聽起來非常像是「嗷！嗷！嗷！」的驢叫聲。

這時門口傳來了一記響亮的敲門聲，有人喊著：「開門！我是把你們載來的車夫。開門！不然給我小心點！」

33

驢子皮諾丘被馬戲團班主買下，教他耍把戲。
後來驢子的腿瘸了，被一個打算剝下驢皮做大鼓的男人買下。

兩個小傢伙站在房間裡，憂傷又喪氣的望著對方。門外的小胖子車夫終於失去耐心，用力踢了房門一腳，門應聲而開。他看著皮諾丘與小燈芯，嘴角仍掛著平日的甜蜜笑容，開口說：「孩子們，你們表現得太好了！叫聲也挺不賴的，讓我立刻認出是你們的聲音，趕緊過來了。」

聽到這話，兩頭驢子羞愧的垂下頭，耳朵也彎了下來，尾巴則夾在兩腿中間。

小胖子先摸摸他們，順順他們濃密的長毛；然後他拿出一把馬梳替他們仔細梳理長毛，直到他們皮光毛滑，驢毛都平整得發亮才停手。車夫替驢子套上轡頭，帶著他們離開了玩具國，來到一個遙遠的市集，預備將驢子賣個好價錢。沒等多久，買主就上門了。一位農夫的驢子剛死了，他買走了小燈芯。皮諾丘則被賣給了馬戲團的班主，他打算訓練驢子耍把戲表演。

現在你明白這個小胖子是做什麼的吧？這個可憎的傢伙，表面和藹可親，卻在世界各地到處尋覓小男孩——懶惰的小男孩、討厭書本的小男孩、想逃家的小男孩、厭煩上學的小男孩；他們全都變成了他的樂趣跟財富。他將他們帶到玩具國，讓他們盡情放縱玩樂；在快樂過了幾個月不工作、不念書、只享樂的日子後，孩子們就變成了小驢子；這時他就牽著他們到市場賣掉賺錢。不過數年的時間，他就靠著這門買賣成了百萬富翁。

小燈芯後來怎麼樣了呢？親愛的讀者們啊，我不知道。

至於皮諾丘呢，我可以告訴你們，從第一天起，他就吃盡苦頭，日子難過得不得了。他的新主人將他安置在驢棚，並在飼料槽裡倒滿麥稈。皮諾丘只嚐了一口麥稈，就把飼料全吐了出來。主人將麥稈換成乾草，不過皮諾丘也不愛吃乾草。

「啊，所以你也不喜歡乾草？」馬戲團的班主氣呼呼地嚷著，「等著，可愛的小驢兒，讓我好好幫你上一課，讓你學會別太挑嘴。」他拿起鞭子就惡狠狠地在驢子的腿上抽了一鞭。

皮諾丘痛得直哀嚎，慘叫道：「嗷！嗷！嗷！麥桿我吃了會不消化！」

「那就吃乾草！」他的主人回答他。

「嗷！嗷！嗷！我吃乾草會頭疼！」

「難道你癡心妄想我餵你吃山珍海味嗎？」主人回答他，氣沖沖又往驢子身上抽了一鞭。被鞭子連抽兩記的皮諾丘，終於學乖了，不吭氣也不再抱怨半句。主人教訓完皮諾丘，關上驢棚的門就離開了，留下皮諾丘獨自在裡面。

這時離皮諾丘上次吃東西，已經過了好多個小時；饑餓讓他狂打呵欠。他一張嘴，嘴巴就大得跟個灶似的。最後因為驢棚裡實在找不到其他能吃的東西，皮諾丘只好嚐了一口乾草；然後嚼了起來，愈嚼愈認真，最後他閉上眼睛就把嘴裡的食物給嚥了下去。

「乾草其實還不難吃，」他對自己說，「不過要是我當初用功讀書，日子肯定更開心，起碼我現在不用啃乾草，而是吃著美味的麵包配奶油了。我只能忍耐了。」

隔天早上醒來，皮諾丘在飼料槽裡找剩下的乾草，可惜前一晚全被他吃光了。他只好嚐了嚐麥桿，嚼著嚼著卻非常失望的發現，麥桿吃起來既不像米飯也不像通心粉。「要忍耐。」他邊嚼麥桿邊對自己再說了一遍。「說不定我的厄運，只是給不乖、不上學的小男孩一個教訓。忍耐，要忍耐。」

「的確是要好好忍耐！」剛好走進驢棚的班主大聲喝斥他，「我親愛的小驢兒，難道你以為我把你買來，只是為了讓你吃吃喝喝嗎？喔，不！我可指望著你幫我賺進大把的金幣啊，聽見了嗎？趕緊過來，我來教教你怎麼跳躍，怎麼行禮，怎麼跳華爾滋跟波卡舞，你最好還能學會用頭倒立。」

可憐的皮諾丘，不論樂意與否，他都得學會這些高超的把戲；他花上了長長的三個月，挨了無數記鞭子，班主才終於認可，他的表演已臻完美，可以上場了。

皮諾丘的主人正式對外宣布，馬戲團將為大眾帶來一場無比精彩的演出，滿城都貼滿了廣告，大大的字寫著：

今夜奇觀
劇團一流演員與知名駿馬
跳躍、體操、馬戲
多項精彩演出
著名表演家
舞蹈巨星
驢子皮諾丘
首度公開亮相
燈火通明如白晝，今夕劇場夜未央

那天晚上，如同你們想像的一樣，在表演開始前一小時，劇場裡已經人山人海，擠滿無數觀眾；舞台下、包廂裡、走廊上都找不著半個空位了，捧著與椅子等重的黃金都換不到一個座位哪。大大小小、高高矮矮、不同年齡的男孩女孩，所有的觀眾都興奮得蹦蹦跳跳，等不及要看驢子明星跳舞了。

上半場的表演結束後，馬戲團的班主穿著黑色外套、白色及膝馬褲和漆皮靴子，走上舞台對著所有的觀眾，裝腔作勢的用著華麗又宏亮的聲音講了以下這一番話：

「最尊貴的朋友們，先生及女士們！您們最謙卑的僕人，本馬戲團的班主，今晚在此，為大家鄭重介紹這世上最了不起、最出名的驢子，在他短暫的生命中，曾有幸在歐洲所有的偉大皇宮中，在國王、王后們的面前表演。我們謝謝您的大駕光臨。」

他的開場贏得了眾人的笑聲及掌聲。而當最有名的驢子皮諾丘出現在舞台時，更贏得了滿場熱烈的掌聲。他被打扮得相當英俊瀟灑，背上戴了一副全新的驢鞍，驢鞍的皮革簇新得發亮，搭配著拋光的銅扣；驢耳朵的一邊綁著一朵雪白的山茶花；被綁成一綹一綹的鬃毛還加上了彩帶、流蘇裝飾；腰上綁著一條寬寬的金銀腰帶，尾巴也裝飾了許多鮮豔的彩帶；他的確是一隻帥氣的驢子。

班主特別說了一段話向觀眾介紹他：「最尊敬的觀眾們，我不打算浪費諸位的時間，向大家細數從我在非洲荒野找到他起，在馴服這頭野獸上經歷了多少困難。請大家特別留意他那桀傲不遜的野蠻眼神，這代表著多少世紀以來的文明用在馴服這頭野獸上都失敗了；最後我只好用鞭子加以輕柔管教，才終於讓他聽話。雖然我付出全部的愛心，卻始終無法贏得驢子的愛，直至今天，他仍舊與我在非洲發現他的那天一樣野蠻；他依然畏懼我、憎恨我。然而我卻找到了他唯一的可取之處，你們瞧見他額頭上的小腫包了嗎？這個腫包讓他學會了如何像人一樣的靈活使用雙腳，賦予了他了不起的舞蹈才能。先生、女士們，好好欣賞，盡情享受他的演出吧！請各位來當裁判，看我究竟是不是成功的馴獸師？在表演開始之前，我先宣布，明晚驢子將再度演出；要是下雨，奇觀演出則會提早到上午十一點舉行。」

班主對觀眾們深深一鞠躬，然後轉身對皮諾丘說：「準備了，皮諾丘，表演開始之前要先對觀眾敬禮。」

皮諾丘乖乖的彎下兩隻膝蓋，跪到地板上；直到班主甩了一下鞭子，響亮的喊了一聲：「走！」

驢子用四隻腳站了起來，開始繞著馬戲場走。過了幾分鐘，班主又喊：「快步走！」皮諾丘聽話的加快了步伐。

「小跑步！」於是皮諾丘開始小跑步。

「全速前進！」皮諾丘盡全力跑著，直到班主高舉起一隻手，並朝空中開了一槍。槍聲一響，小驢子就應聲倒在地上，彷彿真的死了一樣。

當小驢子再度站起來時，立刻響起熱烈的掌聲，從四面八方傳來叫好跟拍手聲。不絕於耳的歡呼跟掌聲，讓皮諾丘不自覺地抬起頭來，他一眼就看見在他正前方的包廂裡，坐著一位美麗的女士；她的脖子上戴著一條長長的金項鍊，鍊子吊著一個有小木偶畫像的大墜飾。

「那是我的畫像啊！那位美麗的女士就是我的仙女！」皮諾丘立刻認出了她，在心裡對自己說。他大喜過望，盡最大的努力喊著：「喔，仙女！我的仙女啊！」

可是劇場裡的觀眾們聽到的是一聲又長又嘹亮的驢子嘶叫，讓所有的觀眾——男女老少，特別是小孩子們——一起放聲大笑。班主為了要給驢子一個教訓，讓他明白規矩，不可以隨便在觀眾面前嘶叫，於是他拿起鞭子柄狠狠地敲著他的鼻子。可憐的小驢子痛得將舌頭伸得老長，猛舔著自己的鼻子以減輕痛楚。

當皮諾丘再次抬頭看向包廂，卻傷心不已的發現仙女已經不見了。他感覺自己快昏過去了，他淚眼汪汪，哀哀的哭泣著；卻沒有半個人看見他的眼淚。尤其是班主，他只是甩著鞭子喊著：「加油，皮諾丘！現在讓我們看看，你能多麼優雅的跳過這些圓圈。」

皮諾丘每次一靠近圓圈，便臨陣退縮地改從下面鑽過去；試了兩次、三次，到了第四次，他看見班主惡狠狠的目光投射而來，只好往圓圈用力一跳，但是後腿卻絆到了圓圈，然後跌在地板上和圓圈纏成了一團。等他好不容易站起來，卻一拐一拐地步履蹣跚，幾乎走不回驢棚了。

「皮諾丘！我們要皮諾丘！我們要小驢子！」觀眾席的小男孩們不停的叫嚷著，這起意外讓他們好難受啊。

當晚沒人再見到皮諾丘。

第二天早上，獸醫——就是動物醫生——宣布皮諾丘的腿瘸了，這輩子都不會好了。「我要一個瘸了腿的驢子做什麼？」班主對馬僮說。「把他帶到市場賣掉吧。」

他們才剛到廣場，就找到了買主。

「這頭瘸腿的小驢子，你要賣多少錢？」買主問。

「四塊錢。」

「我可以給你四分錢。別以為我買下他，是要叫他做工。我只是要他的皮。他的皮看起來韌性結實，剛好可以用來做大鼓的鼓面。我在村子裡的樂隊工作，正好需要一面鼓。」

親愛的孩子們，我讓你們自行想像，當皮諾丘聽見他要變成一面鼓時，是多麼歡天喜地啊！

一手交錢，一手交貨。買主付了四分錢，驢子便交到了他手上。新主人將他帶到一個臨海的懸崖邊，綁了一塊石頭在他的脖子上，又在其中一隻後蹄上綁了繩子，接著就把他推進海裡。皮諾丘立刻往下沉，他的新主人就坐在懸崖邊，好整以暇等著他溺斃，好把他的皮剝下來做大鼓。

34

皮諾丘被丟進海裡，驢身被魚兒們吃掉了，然後變回小木偶。游回岸上的途中，卻被大惡鯊一口吞掉了。

被推入大海中的皮諾丘往下沉，一直沉到了海底。

坐在懸崖邊的男人等了五十分鐘後，自言自語道：「這麼老半天了，可憐的小跛驢肯定淹死了吧。讓我把他拉起來，然後做一面漂亮的鼓。」他拉起綁著皮諾丘的繩子，使勁地拉啊、拉啊拉，終於他看見水面上浮出了——

你們猜他看見了什麼？

不是一頭死驢子，反而出現了一個活蹦亂跳的小木偶，他像條鰻魚一樣拼命的掙扎扭動著。這男人不可置信，目瞪口呆得看著這個木頭小人偶，以為自己是在作夢；好不容易回過神來，他開口：「我丟進海裡的驢子呢？」

「我就是那頭驢子。」小木偶笑著回答。

「你？」

「我。」

「啊，你這個小騙子！你在捉弄我？」

「捉弄你？一點也沒有，親愛的主人。我是認真的。」

「但是，幾分鐘前你還是一隻驢子，現在在我面前的怎麼會是小木偶呢？」

「或許是海水的關係吧，大海最喜歡捉弄人。」

「小木偶，你給我當心點，別取笑我，否則我失去耐心，你就糟糕了。」

「我的主人，如果你真的想知道我的故事，請先鬆開我的腳，讓我慢慢說。」

這位先生實在太好奇小木偶的故事，便鬆開了綁在他腳上的繩子。小木偶自在得像飛在天上的小鳥，開始述說自己的傳奇人生。

「你要知道，從前、從前我是個小木偶，跟現在一樣；有一天我就要變成一個真正的小男孩了，可是因為我懶惰又討厭上學，加上壞朋友的引誘，所以我就翹家了。在一個美麗的清晨，我醒來時發現自己已經成了一隻驢子——長著一對驢耳朵，一身灰皮毛，甚至還有驢尾巴！我那天真是丟臉極了！希望你將來不會跟我一樣遭遇類似的經歷。接著，我被牽到市集賣給了馬戲團的班主，他要我表演跳舞和跳圓圈；但我在表演時狠狠地摔了一跤，把腿摔瘸了。班主不想養著一隻瘸驢子，於是又把我送到市場，就這樣你買了我。」

「就這樣？我付了四分錢買了你，現在誰把錢還給我呢？」

「但你為什麼要買下我呢？你買下我是要傷害我的——要殺了我——要拿我去做大鼓！」

「就是這樣？所以我現在要去哪裡再找一張驢皮來做大鼓呢？」

「沒關係的，親愛的主人，這世上還有很多驢子哪。」

「欠揍的小鬼，你的故事說完沒？」

「我馬上就說完了，」小木偶回答：「你把我帶來這裡想殺掉我。但因為你覺得我很可憐，所以便將一塊石頭綁在我的脖子上，再把我扔進海裡。你的心地真善良，想盡量減輕我受的折磨，我會一輩子記得你的。不過從現在開始，我的仙女會好好照顧我，即使你——」

「你的仙女？她是誰？」

「她是我的小媽媽，就像所有愛護自己孩子的媽媽一樣，她永遠不會放棄我，即便我根本不值得。今天我的好仙女看我要淹死了，馬上派了一千條魚游到我身邊；他們以為我是一頓死驢子大餐，開始大快朵頤。他們咬得又重又大口，一條咬下我的耳朵，另一條吃掉我的鼻子，第三條啃著我的脖子和鬃毛，還有些咬著我的腳，另外一些啃著我的背，然後有一條溫柔又有禮貌的小魚，很客氣地吃掉了我的尾巴。」

「從現在開始，」男人又驚又懼地說：「我發誓我再也不吃魚了。要是我剖開梭魚或白肉魚的肚子，發現裡面有一條死驢子的尾巴，我要怎麼嚥下那條魚啊？」

「我們倒是有志一同。」小木偶笑著回答，「不過，你得明白，在魚兒們啃完將我從頭裹到腳的驢子肉後——自然打算接著繼續啃骨頭，但遇到我的情況則是——接著啃木頭。你知道的，我是用上好的堅硬木頭做的；這些貪嘴的魚兒只吃幾口就知道啃木頭不僅傷牙口，還不消化，便立刻轉身游走了，連聲謝謝或是再見都懶得跟我說。親愛的主人，你現在明白為什麼你從海裡拉出了一個小木偶，而不是一頭死驢子了吧。」

男人氣得大吼大叫，「我只知道我花了四分錢買下你，現在就要把我的錢要回來。你知道我打算怎麼做嗎？我要把你帶回市場，當一捆乾柴賣掉。」

「很好，賣了我吧，我心甘情願的。」皮諾丘說著，忽然猛然一跳，就跳進大海裡了。他使勁地游著，還不忘回頭笑嘻嘻的嚷著：「再見了，主人。要是你哪天需要一張皮來做大鼓，記得想起我啊！」游了一段距離之後，他又再次轉頭，更大聲的嚷著：「再見了，主人。要是你哪天需要一根上好的乾柴燒火，記得想起我啊！」

不過轉眼之間，他已經游得好遠好遠，在岸邊都快看不見他了，只見到一個小小的黑點在藍色的水面上迅速移動。這個小黑點時不時地舉起一條腿或一隻手，陽光下，皮諾丘彷彿變成一條在浪花間歡樂戲耍的海豚。

游了老半天之後，皮諾丘看見海中央立著一塊大岩石，顏色雪白的像大理石。一頭小羊站在岩石的高處，並且對小木偶拼命咩咩地叫喚著，示意他游過來。這頭小羊有著與眾不同的外表，她的羊毛跟其他羊的顏色都不一樣，不是白的、不是黑的、也不是棕色的，而是一種明亮的天藍色，令人想起可愛的藍髮仙女。皮諾丘的心跳開始加速，撲通、撲通地跳著；他更使勁地努力朝大岩石游過去。這時海面上卻突然躍出一隻恐怖的海怪，他的頭碩大無比，又大又深的嘴巴一咧開就可看見三排閃亮亮的牙齒。任何人只消看他一眼就會被嚇得魂飛魄散。

你知道那是什麼嗎？那隻大海怪就是之前在故事中已經提及很多次的大惡鯊，因為他兇暴殘酷，魚兒跟漁夫們都稱他為「海中魔王」。

可憐的皮諾丘，被大怪獸嚇得魂不附體；他連忙轉身改變路線想游走，逃啊逃的，但那張又大又深的鯊魚嘴巴卻離他愈來愈近，愈來愈近。

「快點兒，皮諾丘，我求求你了。」站在大岩石上的小羊，咩咩地喚著他。

皮諾丘手腳並用，使勁全力游著。

「快點啊，皮諾丘，怪獸離你愈來愈近了。」

皮諾丘更賣力的往前游，愈游愈快。

「再快點兒，皮諾丘！怪獸就要抓到你了！他來了！他來了！快點兒，快點兒，不然你就完了！」

皮諾丘愈游愈快，愈游愈快，快得如子彈般劃破水面；終於，他游到了岩石邊。小羊趕緊彎下腰伸出蹄子要將他拉離開水面。嗚呼！說時遲那時快，這時怪獸奮力一衝，大嘴一張就一口把小木偶吞下去了；然後皮諾丘發現自己倒在兩排閃閃發亮的白牙中。但瞬間鯊魚又深深吸了一口氣，然後就像吞雞蛋似地輕輕鬆鬆就把小木偶吞下肚了。這下子，皮諾丘被狠狠地一路摔進鯊魚的肚子裡，然後暈了過去。

當小木偶恢復清醒，有那麼一會兒根本搞不清楚自己身在何方；望眼四周一片漆黑，伸手不見五指，讓他錯以為自己栽進了墨水瓶中。他仔細聆聽著周遭的動靜，卻什麼也沒聽見。時不時有冷風刮過他的臉，他不明白風從哪裡來，後來反應過來冷風是從怪獸的肺部吹來的。

我忘了告訴你們，大惡鯊有氣喘的宿疾，因此他只要一呼吸，肚子裡就像是有暴風來襲。

起初皮諾丘還強迫自己要冷靜勇敢，但一明白自己真的困在大惡鯊的肚子裡時，便放聲嚎啕大哭。「救命！救命啊！」他哭喊著，「喔，我好不幸啊！難道沒有人來救我嗎？」

「誰能來幫助你呢，苦惱的孩子？」一個粗啞的聲音說，聽起來就像一把走調的吉他。

「誰在講話？」皮諾丘嚇得一動也不敢動。

「是我，一條倒楣的金槍魚，跟你同時被鯊魚吞到肚子裡。你是什麼魚呢？」

「我跟魚一點兒關係都沒有，我是一個小木偶。」

「如果你不是魚，那你怎麼會被大鯊魚吃掉呢？」

「是他追著我，連問一聲『可不可以？』都沒有，大嘴一張就把我吃了。所以我們在這一片漆黑中，接下來該怎麼辦？」

「我想，就是等著鯊魚把我們消化掉吧。」

「但我不想被消化掉啊！」皮諾丘哭喊著。

「我也不想啊！」金槍魚說，「但我至少明白，既然生而為魚，死在水裡總比死在煎鍋裡要來得有尊嚴。」

「胡說八道。」皮諾丘嚷著。

「這是我個人的看法。」金槍魚回答，「每個人的看法都應該受到尊重。」

「但我想離開這個地方，我要逃走。」

「走吧，如果你有這本領。」

「這隻大鯊魚的身體很大嗎？」小木偶問。

「如果不算魚尾，他的身長就幾乎有一哩長。」

兩人在黑暗中講話時，皮諾丘突然察覺遠處似乎發出微微的光。

「那道光是什麼呢？」他問金槍魚。

「其他倒大楣的魚吧，跟我們一樣在耐心的等著被鯊魚消化掉。」

「我要去找他。說不定他是一條老魚，知道能從哪裡逃出去。」

「我全心的祝你好運，親愛的小木偶。」

「再見了，金槍魚。」

「再見了，小木偶，祝你好運。」

「我還會再見到你嗎？」

「誰知道呢？還是先別想太多了。」

35

猜猜看，皮諾丘在大惡鯊的肚子裡遇見了誰？

我的孩子們，接著讀吧，你們就會曉得了。

跟好朋友金槍魚道別後，皮諾丘便開始在黑暗中前行，跌跌撞撞地盡力朝著遠處發出亮光的地方走過去。他一腳踩進一攤油膩又滑溜的汙水，水裡傳來濃濃的炸魚腥味跟油耗味，濃重的氣味讓皮諾丘覺得自己彷彿在過四旬齋節。他愈往前走，小光點就愈來愈清晰明亮，他走啊、走啊、走啊，直到最後看見了——

親愛的孩子們，我讓你們猜一千次也猜不著他看見了什麼。

皮諾丘看見了一張小桌子，上面放著晚餐，一個小玻璃瓶裡點著蠟燭，桌邊坐著一個滿頭白髮的老人，他正專心的吃著生魚；但這些魚扭來扭去、滑溜不已，一不留意就從老人的嘴上逃脫，溜到桌下消失在黑暗中。

看見這個景象，可憐的小木偶心裡湧上無以言喻的快樂，差點暈了過去。他想哭也想笑，他有一千零一句話想說，可是他卻只站在原地，張口結舌地說不出話來。終於，他用盡力氣發出驚喜的叫聲，張開雙臂，衝上前去抱住老人的脖子。

「喔，爸爸，親愛的爸爸！我終於找到你了嗎？我以後再也不要離開你了！」

「我看到的景象是真的嗎？」老人回答，他拼命揉著眼睛。「你真的是我的皮諾丘嗎？」

「是的，是的！是我，看著我，你早就原諒我了，是不是？喔，我親愛的爸爸，你是多麼好啊！想到我——喔，但你要是知道從你賣掉舊外套，替我買了課本，讓我去上學那一天開始，我遭遇了多少不幸，碰上了多少麻煩！我跑到小木偶戲院，結果戲院老闆抓了我，原本要把我當柴燒來烤羊肉；後來他給了我五枚金幣要我帶給你。結果我碰上狐狸與貓，他們帶著我到了紅龍蝦旅店，像兩頭餓狼似地大吃大喝；然後我一個人離開了旅店，卻在森林遇上強盜。我努力逃，他們使勁追，直到他們把我吊在一棵大橡樹上。然後藍髮仙女派出一輛馬車救了我，醫生說『如果他沒死，那他肯定活著』。可是我撒了一個謊，鼻子開始變長，愈變愈長，長到根本走不出房間。後來我又跟著狐狸和貓跑到了奇蹟田，再把金幣埋進田裡；但鸚鵡笑話我，最後別說兩千枚，我連一枚金幣都沒找著。當法官聽到我被搶劫，為了讓小偷開心，就把我關進監獄。我離開監獄之後，想摘藤蔓上的美味葡萄解飢；卻被捕獸夾抓住了。農夫把狗圈套在我的脖子上，讓我做看門狗。不過當我抓到黃鼠狼之後，他就放我走了。我奔跑著想回到仙女的家，可是被尾巴會冒煙大蛇擋住路，直到他因為狂笑導致血管爆裂而死掉，我才脫困；然後我趕回到仙女的屋子，卻發現她已經死了。我難過得嚎啕大哭，鴿子對我說：『我看到你爸爸在造船，打算越過大海去找你。』我說：『喔，要是我有你的翅膀就好了！』他說：『你想去找你爸爸嗎？』我說：『想啊，但要怎麼去呢？』然後他說：『騎到我的背上來，我載你過去。』我們飛了一整晚，第二天早上到達海邊時，發現大家都望著海面叫嚷著：『那裡有個可憐的傢伙快淹死了！』我立刻就知道是你，因為我的心是這麼告訴我的，然後我在岸上跟你揮手——」

「我也認出你了。」杰佩托插嘴說：「我好想上岸去到你身邊，但是海上驚滔駭浪，大浪一下子就打翻了船。然後一隻恐怖的大鯊魚躍出海面，一見我飄在水中，他快速游向我，伸出他的舌頭輕輕鬆鬆地就像吞巧克力薄荷糖般把我給吃了。」

「你在這裡被關了多久了？」

「從那天到現在，長長的兩年了。兩年啊，就像過了兩世紀那麼久。」

「那你在這裡是怎麼活下來的？在哪裡找到蠟燭和火柴的？」

「有一艘商船跟我的小船遭遇了同樣的命運，在那場暴風雨中翻覆了；不過幸好商船上的人員都得救了，只有船沉進海底，然後大船就被這隻吞下我、胃口好極了的大鯊魚也一併吞進來了。」

「什麼！大鯊魚一口吞掉了一艘船？」皮諾丘驚訝無比的說。

「一口吞下。他只把主桅杆吐掉，因為卡在他的牙縫上。所以算我運氣好，船裡載滿了醃肉、罐頭、餅乾、麵包、酒、葡萄乾、起士、咖啡、糖、蠟燭和許多盒火柴；幸好有這些東西，我才能在這裡安穩地活了兩年，不過現在只剩下最後一點殘羹剩飯了。櫃子裡已經什麼都不剩，你現在看到的是最後一根蠟燭。」

「那之後呢？」

「之後，親愛的，我們就會陷在一片漆黑中了。」

「那麼，我親愛的爸爸，」皮諾丘說，「別浪費時間了。我們得試著逃出去。」

「逃！怎麼逃？」

「我們得溜出鯊魚的嘴巴，跳進海裡。」

「說起來容易，但親愛的皮諾丘，我不會游泳啊。」

「沒關係，你就攀在我的肩膀上，我是一個好泳者，可以安全的帶你上岸。」

「我的兒子啊，你在做夢哪！」杰佩托搖搖頭回答，臉上掛著憂傷的微笑。「你覺得一個三呎高的小木偶，載著我還游得動嗎？」

「試試看就知道了！無論如何，就算我們註定要死，至少也要死在一塊兒。」皮諾丘拿起蠟燭，走在前面照亮路，他轉頭對父親說：「別怕，跟著我走。」

他們走了好長一段路，穿過了鯊魚的胃、身體，來到喉嚨時，他們停下腳步，等待著逃出去的最佳時機。

我想讓讀者們了解，鯊魚因為年紀很大了，長期受氣喘和心臟問題所苦，睡覺時嘴巴都張得開開的。因為如此，皮諾丘抬頭仰望，得以從鯊魚大開的嘴巴窺見外面的繁星。

「我們逃走的時機到了。」他轉身小聲的對父親說。「鯊魚睡得很熟。外面風平浪靜，夜晚亮得如白晝一般。緊緊跟在我身後，親愛的爸爸，我們馬上就得救了。」

他們沿著怪獸的喉嚨開始往上爬，一直爬到張得大大的嘴巴裡；他們躡手躡腳地輕輕走著，避免踩到長舌頭怕把他癢醒——不然他們的下場可就更淒涼了。鯊魚舌頭又長又寬，簡直像條鄉間大道。眼看著這兩個逃犯就要跳入海裡，冷不防鯊魚打了一個大噴嚏；這個噴嚏晃得皮諾丘跟杰佩托彈了起來，身子往後飛去，狠狠一路摔回怪獸的肚子裡。

雪上加霜的是，這下蠟燭熄滅了，父子兩人身處一片黑暗中。

「現在怎麼了？」皮諾丘一臉嚴肅的問。

「現在我們迷路了。」

「哪有迷路呢？把手給我，親愛的爸爸，小心別滑倒了！」

「你要帶我去哪裡？」

「我們得再試一次。跟我來，別害怕。」說完這些話，皮諾丘牽起父親的手，再次蹦手蹦腳地前進。他們又一次爬上怪獸的喉嚨，接著穿過又大又長的舌頭，再跳過三排牙齒；最後縱身要跳躍進海裡時，小木偶對杰佩托說：

「爸爸，你爬到我的背上，抱緊我的脖子。其他部分就交給我吧。」

一等杰佩托穩穩地坐到他的背上，皮諾丘就很篤定的往大海用力一跳，到了海裡，他快速地向岸邊游過去。明亮的月光落在平滑的水面上閃閃發亮，大鯊魚仍舊呼呼大睡著，就算一枚大炮落在旁邊都吵不醒他。

36

皮諾丘終於不再是一個小木偶，他變成了一個真正的小男孩。

「親愛的爸爸，我們得救了！」小木偶嚷著。「接下來我們只要游上岸就好了，這還不容易嗎？」皮諾丘迅速朝著岸邊游去，突然間他發現肩上的杰佩托直打冷顫，像在發著高燒。他全身發抖是因為恐懼還是寒冷？皮諾丘猜想父親肯定是嚇壞了，試著安慰他：「勇敢點，爸爸！再幾分鐘，等我們上岸就安全了。」

「但救命的岸邊在哪兒呢？」老人憂心忡忡地望著遠方，尋找著陸地的影子。

「一眼望去都是茫茫大海，什麼都沒有啊。」

「我看到陸地了。」小木偶說，「爸爸啊，你忘了我跟小貓一樣，視力在夜間比白天還要好哪。」可憐的皮諾丘為了安慰父親，表面佯裝的鎮靜從容，事實上，他愈游愈沒信心，愈游體力愈不支，然後開始上氣不接下氣；他怕自己撐不了多久了，而海岸仍舊離他們好遙遠。他雙手又奮力往前划了幾下，然後轉頭虛弱的對杰佩托喊：「救我，爸爸！救命，我要死了！」

眼看這父子兩人就要溺斃，忽然從海面傳來一個破吉他般的聲音：「誰碰上麻煩了嗎？」

「是我跟我可憐的爸爸。」

「我認得這個聲音，你是皮諾丘。」

「沒錯。你是？」

「我是金槍魚啊，跟你一起被大鯊魚吞進肚子裡的那隻金槍魚啊。」

「你是怎麼逃出來的呢？」

「我跟著你才逃出來的。」

「金槍魚，你來的正是時候，我求求你，想想你的孩子，想想你對小金槍魚的愛，救救我們吧，不然我們就完蛋了！」

「樂意之至。你們趕緊抓住我的尾巴，我為你們帶路，很快就能安全上岸了。」

正如諸位所料想，杰佩托和皮諾丘當然不會拒絕金槍魚的援助。不過他們認為騎到金槍魚的背上，會比抓著他的尾巴更妥當。

「我們會太重嗎？」

「重？一點也不。你們輕得跟貝殼一樣。」金槍魚回答。他的體型跟兩歲大的馬兒一樣大。

一抵達岸邊，皮諾丘立刻先跳到陸地，再將杰佩托扶上岸；然後他對金槍魚說：「親愛的朋友，你救了我爸爸，千言萬語都無法表示我的感謝。讓我抱抱你，表達我的無限感激吧！」於是金槍魚把頭浮出水面，皮諾丘跪在沙灘上親吻著他的臉頰。如此溫暖熱情的舉動，讓從未經歷過這般盛情的金槍魚，激動的不得了，哭得像個孩子似的。他既尷尬又難為情，趕緊轉身探入海中，一下就消失得無影無蹤。

天已經亮了。杰佩托虛弱的連站都站不住了，於是皮諾丘伸手扶著杰佩托，並對他說：「親愛的爸爸，累了就儘管靠在我的手臂上，我們上路吧，慢慢走，走累了，就隨時在路邊休息一下。」

「但是我們要走去哪裡呢？」杰佩托問。

「先找間屋子或茅屋，看會不會碰上好心人，施捨點麵包讓我們填填肚子，或給些麥桿讓我們睡覺休息。」

他們才走了不到一百步，就看見兩個衣衫襤褸的傢伙坐在石頭上，向過路的人行乞要飯。他們是狐狸與貓，但這兩人形容枯槁，模樣淒涼，幾乎叫人認不出來。貓在裝瞎多年後，雙眼終於真的瞎掉了。狐狸又老又瘦，不僅身上的毛快禿光，尾巴也沒有了。這個狡猾的小賊最終陷入了貧困的深淵，窮得無立錐之地，不得不賣掉自己美麗的尾巴，換幾口飯吃。

「喔，皮諾丘，」狐狸聲淚俱下的叫喚，「施捨、施捨我們吧，我們求求你了！我們已經筋疲力竭，又老又病了。」

「病了！」貓跟著重複說了一遍。

「再見了，壞朋友！你們騙過我一次，我不會再上你們的當了。」小木偶回答。

「相信我們，我們現在真的山窮水盡，快要餓死了。」

「餓死了！」貓又說了一遍。

「你們活該！古諺有云：『偷來的錢永遠生不出果子。』☆9 再見了，壞朋友。」

「可憐、可憐我們吧！」

「可憐我們！」

「再見了，壞朋友。古諺有云：『壞掉的麥子只能烤出難吃的麵包。』」☆10

「別拋下我們。」

「別拋下我們。」貓再說了一遍。

「再見了，壞朋友，古諺有云：『偷走鄰居襯衫的人，死時通常身無寸縷。』」

☆11 離開他們之後，皮諾丘扶著杰佩托繼續上路；才走了一小段路就看見盡頭的小樹林邊有一間茅草搭的小屋。

「一定有人住在那間小屋裡，」皮諾丘說，「讓我們去看看。」

他們上前敲門。

「是誰啊？」屋裡傳來一個細小的聲音。

「一個可憐的父親跟一個更可憐的兒子，沒有食物，也沒有屋頂遮風避雨。」小

☆9：*Stolen money never bears fruit.*

☆10：*Bad wheat always makes poor bread!*

☆11：*Whoever steals his neighbor's shirt, usually dies without his own.*

木偶回答。

「你轉動一下鑰匙，門就會開了。」同樣一個細小聲音說。

皮諾丘轉了轉掛在門鎖上的鑰匙，門應聲而開。他們走了進去，可是卻沒有看見半個人影在屋子裡。

「嗯——誰是這間小屋的主人啊？」皮諾丘驚訝的嚷著。

「這裡，我在上面。」

父子倆抬頭望向天花板，看見會說話的蟋蟀好端端地坐在懸樑上。

「喔，我親愛的蟋蟀。」皮諾丘說，非常有禮貌地對他鞠個躬。

「喔？你現在喊我，親愛的蟋蟀啦！你還記得你曾經拿榔頭砸我，想殺了我？」

「你說得對，親愛的蟋蟀。你也拿榔頭砸我吧，這是我應得的報應。但求求你放過我可憐的老爸爸。」

「我本來就打算放過你們父子一馬。我只是想提醒你，你以前對我做過什麼好事。我這是替你上一堂課，讓你明白人活在世上，如果身處困境時，希望有人親切友善的對待我們，我們自己得先學會和善有禮，仁以待人。」

「你說得對，小蟋蟀。這些道理再正確不過了，我會記住你幫我上的這一課。但能不能請告訴我，你是如何買下這間美麗小屋的？」

「昨天一隻有著藍色羊毛的小羊給我的。」

「那隻小羊去哪裡了？」皮諾丘問。

「我不知道。」

「那她什麼時候會回來呢？」

「她再也不回來了。她昨天傷心地咩咩叫著離開了，聽起來像是在說：『可憐的皮諾丘，我再也不會見到他了，大鯊魚肯定把他給吃了！』」

「她真的這麼說嗎？絕對是她，是我親愛的小仙女。」皮諾丘傷心不已，哭得泣不成聲。他哭了好久，好不容易才止住淚水。

皮諾丘用茅草替老杰佩托鋪了一張床，讓他躺下休息。然後對會說話的蟋蟀說：「告訴我，小蟋蟀，哪裡可以讓我找杯牛奶給我可憐的爸爸？」

「離這裡三塊田以外的地方，有一位農夫叫約翰，他養了一頭乳牛。你去他那兒吧，他能滿足你的需求。」

皮諾丘趕緊跑到農夫約翰的家。

農夫對他說：「你想要多少牛奶呢？」

「我要一杯牛奶。」

「一杯牛奶要一便士。先付錢吧。」

「我沒有錢。」皮諾丘難過又難為情的回答。

「太要不得了，小木偶。」農夫回答，「你不給錢，我就不能給牛奶。」

「太可惜了。」皮諾丘轉身預備離開。

「等一下，或者我們打個商量，你知道怎麼從井裡打水嗎？」農夫約翰說。

「我可以試試。」

「那你到前面的那口井，打一百桶水回來。」

「好的。」

「等你打完水，我就給你一杯溫熱可口的牛奶。」

「再好不過了。」

農夫約翰把小木偶帶到井邊，教他怎麼打水。皮諾丘一學會就開始工作，但他根本還打不到一百桶，就累得精疲力盡，汗如雨下。他這輩子還沒這麼努力工作過。

「到昨天為止，都是我的驢子在打水，但這可憐的傢伙就要死了。」農夫說。

「你可以帶我去看看他嗎？」皮諾丘說。

「沒問題。」

皮諾丘一走進驢棚，就看見一頭小驢子躺在角落的茅草堆上，因為長期飢餓又過勞早已筋疲力竭。小木偶仔細的看著驢子，然後自言自語道：「我認得這頭驢子，我以前見過他。」他走到驢子身邊，然後彎下腰問：「你是誰？」

聽見他的問題，驢子張開疲憊垂死的雙眼，以同樣虛弱聲音回答：「我是小燈芯。」然後他就閉上眼睛，死了。

「喔，我可憐的小燈芯啊！」皮諾丘幽幽嘆息著，從地上拿起茅草擦乾眼淚。

「這頭小驢子沒花上你一分錢，你在為他難過嗎？」農夫說，「那我該怎麼辦，我可是花了一大筆錢才把他買來的。」

「他曾經是我的朋友。」

「你的朋友？」

「我的同學。」

「什麼？」農夫約翰訝異地喊了起來，然後放聲大笑。「什麼！你們學校有驢子？你們肯定相當用功讀書囉！」

這些話刺傷了小木偶，他覺得很丟臉，所以沒有吭聲；只是拿起屬於他的那杯牛奶，返回了杰佩托身旁。

接下來的五個多月，每天天剛破曉，皮諾丘就起床去農場打水，換一杯溫熱的牛奶帶給他可憐的老爸爸；於是杰佩托的身體漸漸康復了。但是皮諾丘並不滿足於此。他學會用蘆葦編織籃子，然後用賣草籃賺的錢，讓他自己與杰佩托得以不用挨餓。工作之餘，他做了一張結實又舒服有輪子的椅子，在晴朗的日子，推著父親到戶外享受新鮮空氣。到了夜裡小木偶則用功讀書，他替自己買了一本缺了好幾頁的二手課本，只花了短短的時間便學會閱讀。他將一根長棍子的一端削得又尖又細，拿來當筆學習寫字；用藍莓或櫻桃的果汁代替墨水。慢慢的，他的用功勤勉獲得到了回報；他不僅在學業上有出色表現，在工作也相當有收穫，終於有足夠的錢可以讓杰佩托過著舒心愜意的日子。不光如此，他還存了一大筆錢，有五十便士那麼多；他打算拿這筆錢替自己買一套新衣服。

一天皮諾丘對杰佩托說：「我要去市集幫自己買一件外套、一頂帽子和一雙鞋。我會煥然一新，穿著新衣服回來，到時你肯定會覺得我看起來像個有錢人呢。」

皮諾丘興高采烈地出門，沿著大馬路往村子走，突然聽見有人叫著自己的名字，他轉身看見一隻大蝸牛慢吞吞地從草叢裡爬出來。

「你還認得我嗎？」蝸牛說。

「認得也不認得。」

「你記得和藍髮仙女住在一起的那隻蝸牛嗎？有個晚上是她幫你開的門，還給你東西吃？」

「啊，我想起來了！」皮諾丘嚷著，「美麗的蝸牛，快點回答我，妳把我的好仙女留在哪兒了？她好嗎？她忘了我嗎？她記得我嗎？她還愛我嗎？她住的離這裡很遠嗎？我可以見她嗎？」

這些問題連珠炮似一個接一個，蝸牛如同往日一樣慢條斯理的回答：「我親愛的皮諾丘，仙女生病了，她現在躺在醫院裡。」

「在醫院裡？」

「是的，她遇上麻煩又生了重病，現在身無分文，連買麵包的錢都沒有。」

「真的嗎？喔，我聽了好難過啊！我可憐的、親愛的小仙女，要是我身上有一百萬，我一定馬上全部都給她，可是我只有五十便士；這些錢我本來要拿去買衣服的。喏，妳拿著吧，小蝸牛，請把錢交給我的好仙女。」

「那你的新衣服怎麼辦？」

「那有什麼關係？要是我能為仙女出更多力，把身上穿的這套破衣服賣了都行。快去吧。過幾天妳再來，希望到時候，我有更多的錢可以給妳。直至今天，我努力工作都是為了爸爸。從現在起，我也要為我的小媽媽努力賺錢了。再見了，希望能盡快再見到妳。」

本來慢吞吞的蝸牛轉身忽然就跑了起來，在夏日的陽光下竟然健步如飛跑得像一隻蜥蜴那樣快速。

皮諾丘穿著舊衣服回到家，杰佩托問他：「你的新衣服呢？」

「沒找到合身的，過幾天我再去看看。」

那天晚上，皮諾丘直到午夜才上床睡覺，以前每個晚上他只編八只籃子，那一晚卻編了十六只。

那晚，他睡著時，夢見了他的仙女；她還是那麼美麗，那麼快樂，臉上掛著微笑。她親了親小木偶，並且對他說：「太好了，皮諾丘！為了獎賞你的善良，我原諒了你過去一切的胡鬧與調皮搗蛋。深愛父母，並在父母老病時會好好照顧他們的小男孩，就算不是聽話跟循規蹈矩的最佳典範，也值得大大表揚。以後要繼續好好做人，你就會獲得幸福快樂。」

這時皮諾丘忽然醒了過來，睜開了雙眼。

他看看自己，驚喜不已的發現自己不再是一個小木偶了，而變成一個活生生、真真實實的小男孩！然後他又發現自己並不在原本住的小茅屋，而是在一個很美麗的房間裡，是他見過佈置得最典雅的房間。他趕緊跳下床，在一旁的椅子上，他發現了一套新衣服、一頂新帽子和一雙新鞋子。

皮諾丘穿好衣服，把手伸進口袋，掏出了一個皮製的小錢袋，上面寫著：

藍髮仙女歸還
五十便士給她最最親愛的皮諾丘
深深感激他的好心腸

小木偶打開皮袋一看，錢包裡居然有五十枚金幣！

皮諾丘跑去照鏡子，他幾乎要認不出自己了；一個容光煥發，身材高碩的男孩子，睜大了藍色眼眸從鏡子裡望著他；那個他，有一頭深棕色的頭髮，臉上掛著幸福的微笑。這一連串的天大驚喜，讓皮諾丘高興得手足無措，不知該如何是好；他使勁揉了揉眼睛，又揉了揉眼睛，恍惚得不知自己是清醒還是在作夢，最後終於確認這一切都是真的，不是在作夢。

「爸爸呢？」皮諾丘驀地想起杰佩托，他連忙跑到隔壁房間，發現杰佩托一夕之間年輕了好幾歲；他身上也穿著新衣服，整個人看起來體面又整齊，快樂得像清晨的雲雀。他又當起了木工師傅，正專心一志在幫畫框雕上美麗的花朵葉子、動物頭像做為裝飾。

「爸爸，爸爸，發生什麼事了？如果你明白這一切，請告訴我。」皮諾丘叫嚷著，親熱的撲到杰佩托身上抱住他。

「家裡的一切改變都是你的功勞啊，我親愛的皮諾丘。」杰佩托回答。

「我有什麼功勞？」

「就像現在這樣。當壞孩子變得乖巧善良，就能將幸福帶到家中，幫助這個家改頭換面，從此快樂美滿。」☆12

「我好奇原本的小木偶皮諾丘躲去哪兒啦？」

「在這兒。」杰佩托指著靠在椅子上的大木偶，他的頭歪向一側，雙臂無力的下垂，雙腿在身體下方絞成一團。

皮諾丘看著小木偶，終於滿意的對自己說：

「我做小木偶時是多麼可笑啊！現在我變成一個真正的小男孩，又是多麼開心快活啊！」

☆12：*When bad boys become good and kind, they have the power of making their homes gay and new with happiness.*

木偶奇遇記 /卡洛・柯洛帝(Carlo Collodi)著；林艾莉譯. -- 初版. -- 臺北市：商周出版：家庭傳媒城邦分公司發行, 2016.05
面；　公分. -- (商周經典名著；52)
譯自：The Adventures of Pinocchio
ISBN 978-986-477-020-5(平裝)
877.57　　105007142

商周經典名著52
木偶奇遇記 The Adventures of Pinocchio（全譯本）

作　　者／卡洛・柯洛帝(Carlo Collodi)
譯　　者／林艾莉
企劃選書／黃靖卉
責任編輯／彭子宸

版　　權／黃淑敏、翁靜如、吳亭儀
行銷業務／周佑潔、張媖茜、黃崇華
總 編 輯／黃靖卉
總 經 理／彭之琬
事業群總經理／黃淑貞
發 行 人／何飛鵬
法律顧問／元禾法律事務所 王子文律師
出　　版／商周出版
台北市104民生東路二段141號9樓
電話：(02) 25007008　傳真：(02)25007759
E-mail：bwp.service@cite.com.tw
發　　行／英屬蓋曼群島商家庭傳媒股份有限公司城邦分公司
台北市中山區民生東路二段141號2樓
書虫客服服務專線：02-25007718；25007719
服務時間：週一至週五上午09:30-12:00；下午13:30-17:00
24小時傳真專線：02-25001990；25001991
劃撥帳號：19863813；戶名：書虫股份有限公司
讀者服務信箱：service@readingclub.com.tw
城邦讀書花園：www.cite.com.tw
香港發行所／城邦（香港）出版集團
香港灣仔駱克道 193 號東超商業中心 1F　E-mail：hkcite@biznetvigator.com
電話：(852) 25086231　傳真：(852) 25789337
馬新發行所／城邦（馬新）出版集團【Cite (M) Sdn Bhd】
41, Jalan Radin Anum, Bandar Baru Sri Petaling,
57000 Kuala Lumpur, Malaysia.
電話：(603) 90578822　傳真：(603) 90576622
Email: cite@cite.com.my

封面設計／廖韡
內頁設計排版／洪菁穗
印　　刷／韋懋實業有限公司
經 銷 商／聯合發行股份有限公司
地址：新北市231新店區寶橋路235巷6弄6號2樓
電話：(02)2917-8022 傳真：(02)2911-0053

■2016年5月26日初版
■2020年7月 9 日初版2刷

ISBN 978-986-477-020-5　Printed in Taiwan

定價220元

城邦讀書花園
www.cite.com.tw

商周出版

廣　告　回　函
北區郵政管理登記證
北臺字第000791號
郵資已付，免貼郵票

104　台北市民生東路二段141號2樓

英屬蓋曼群島商家庭傳媒股份有限公司城邦分公司　收

請沿虛線對摺，謝謝！

商周出版

書號：BU6052　　書名：木偶奇遇記（全譯本）　編碼：

請於此處用膠水黏貼

商周出版

讀者回函卡

感謝您購買我們出版的書籍！請費心填寫此回函卡，我們將不定期寄上城邦集團最新的出版訊息。

不定期好禮相贈！
立即加入：商周出版
Facebook 粉絲團

姓名：＿＿＿＿＿＿＿＿＿＿＿＿＿＿＿＿ 性別：□男 □女

生日：西元＿＿＿＿＿＿年＿＿＿＿＿＿月＿＿＿＿＿＿日

地址：＿＿＿＿＿＿＿＿＿＿＿＿＿＿＿＿＿＿＿＿＿＿＿＿

聯絡電話：＿＿＿＿＿＿＿＿＿＿＿＿ 傳真：＿＿＿＿＿＿＿＿＿＿＿＿

E-mail ：

學歷：□ 1. 小學 □ 2. 國中 □ 3. 高中 □ 4. 大學 □ 5. 研究所以上

職業：□ 1. 學生 □ 2. 軍公教 □ 3. 服務 □ 4. 金融 □ 5. 製造 □ 6. 資訊
□ 7. 傳播 □ 8. 自由業 □ 9. 農漁牧 □ 10. 家管 □ 11. 退休
□ 12. 其他＿＿＿＿＿＿＿＿＿＿＿＿＿＿＿＿＿＿＿＿

您從何種方式得知本書消息？

□ 1. 書店 □ 2. 網路 □ 3. 報紙 □ 4. 雜誌 □ 5. 廣播 □ 6. 電視
□ 7. 親友推薦 □ 8. 其他＿＿＿＿＿＿＿＿＿＿＿＿＿＿＿＿

您通常以何種方式購書？

□ 1. 書店 □ 2. 網路 □ 3. 傳真訂購 □ 4. 郵局劃撥 □ 5. 其他＿＿＿＿

您喜歡閱讀那些類別的書籍？

□ 1. 財經商業 □ 2. 自然科學 □ 3. 歷史 □ 4. 法律 □ 5. 文學
□ 6. 休閒旅遊 □ 7. 小說 □ 8. 人物傳記 □ 9. 生活、勵志 □ 10. 其他

對我們的建議：＿＿＿＿＿＿＿＿＿＿＿＿＿＿＿＿＿＿＿＿＿＿＿＿
＿＿＿＿＿＿＿＿＿＿＿＿＿＿＿＿＿＿＿＿＿＿＿＿
＿＿＿＿＿＿＿＿＿＿＿＿＿＿＿＿＿＿＿＿＿＿＿＿